집나가고
싶다

웃음으로 글쓰기

사노라면 웃음보다 눈물이 많다. 사노라면 낭만보다 고생이 많다. 사노라면 꿈꾸기보다 현실에 더 빠진다. 이럴 때마다 글쓰기는 위로가 된다. 이웃에게도 위로의 선물이 된다. 글을 통해서 소통의 기쁨을 누린다. 글쓰기의 매력을 통해 세상과 거듭 대화한다.

뵈뵈예술원 우애자 대표는 메모하고 글을 쓴다. 그녀는 한 남자의 아내로서 어머니로서 열심히 산다. 더구나 레크리에이션 웃음치료 건강체조강사로서 열정적으로 산다. 웃음뵈뵈 캐릭터로서 지역에서 엄청 봉사한다. 아이들을 위한 독서지도도 가끔은 하고 있다. 이러한 삶 속에 글을 쓴다.

이 책에 모은 글이 그 증좌인 셈이다. 〈집, 나가고 싶다〉는 작가의 삶을 볼 때 세상을 향해 꿈을 펼치며 이루어나가는 도전정신이 분명히 있다. 끊임없이 도전해 온 삶의 바탕에는 글쓰기의 끼와 봉사의 꿈이 있다.

언제가 인터넷에 널리 읽히는 글, 〈촌년 10만 원〉이 본인이 쓴 글이라고 말하고 싶어서 책을 내고 싶다고 하였다. 또 하나의 꿈이 이루어지는 과정이다. 우 대표의 수필에는 삶 속의 잔잔한 감동과 주변에서 잠시 소홀히 한 세세한 감성을 드러내고 있다. 이 책은 웃음으로 글쓰기의 결정판이다. 소박하게 때론 단백하게 쓴 글에는 웃음이 녹아 있다. 〈잠시 긴 여행〉, 〈집, 나가고 싶다〉, 〈촌년 10만 원〉등의 글을 읽어보면 웃음 속에 삶을 되돌아 보며 웃게 한다. 웃음이 있는 감동은 소중하다. 웃음은 행복의 시작이다.

우 대표의 늦깎이 공부를 지켜 보았다. 집요한 정성과 노력 자체가 우애자 행복표가 아닌가 한다. 빨빨거림과 콩닥거림이 어울리는 웃음뵈뵈 캐릭터, 지역 실버세대에게는 천사표다. 황옥분 소리꾼들과 어울려 노는 웃음치료사 노릇도 한다. 잔치 속의 광대 달인이다. 지역 언론 통신사 역할도 한다. 그래서 행복한 삶을 산다.

수필은 붓 가는 대로 쓴다. 일상수필은 자유롭게 진솔한 삶의 관찰 기록물이다. 삶 속의 붓길, 세상 속의 체험적 글쓰기는 우리의 마음을 다시 챙기게 한다. 챙기되 절제가 있고, 쓰되 가치 있게 창조해야 제 맛이 난다. 우애자표 소탈한 글밥상으로 독자들을 초대한다.

이창식 (세명대학교 한국어문학과 교수)

집을 나가 봅시다

다재다능(多才多能)이라는 말이 잘 어울리는

끼로 똘똘 뭉친

하는 일이 너무 많은

직업이 무엇인지 도무지 알 수 없는

레크리에이션 강사, 웃음치료 강사, 건강체조 강사, 방송인, 작가.

그야말로 바지런하기 이를 데 없는

나이를 종잡을 수 없는

뵈뵈예술원 우애자 대표

끊임없이 배우고, 끊임없이 움직이고, 끊임없이 도전하고,

끊임없이 일을 만들어서는 하는 여인.

자그마한 몸 어디에서 그런 재능과 에너지가 쏟아져 나오는지…

'집 나가고 싶다'

책 제목을 보고 잠시 놀랐다.

혹시 작가의 숨은 본심인가?

사실 살다보면 누구나 한 번쯤 마음속에 떠오르는 생각이다.

일상의 울타리를 잠시 벗어나고 싶은 마음?

늘 반복되는 삶에서 일탈의 욕구?

아무도 아는 사람 없는 곳에서 자유를 누리고 싶은 마음?

현실적으로는 불가능하지만 모두가 꿈꾸는 계획?

젊은 시절 꿈꿔오던 삶과는 너무 다른 답답한 현실에서 도피?

'집 나가고 싶다'

이 책을 읽는 분들은 작가의 통통 튀는 맛있는 글을 만날 것이다.

독자들도 작가와 함께 글을 통해서 잠시 '집을 나가 보시기'를 권해 드린다.

이 동 성(제천명락교회 담임목사)

여는 글

"비가 오면 낭만에 젖는다"고 말할 수 있는 감성을 지니지는 않았습니다. 하지만 비 오는 날, 비탈진 곳에서 물이 흘러내리고 그 위에 빗방울이 예쁜 비 꽃을 만들면, 멈추어 서서보곤 합니다. 이처럼 세상에 아름답고 멋진 것들이 무수히 많지만 말로나 글로 다 표현하지 못하는 아쉬움이 있습니다. 나도 뭔가 속 시원히 외치고 싶을 때가 있지만 마음대로 안 될 때가 많습니다.

그동안 내 마음을 펜으로 종이에 날라다 놓은 것이 책으로 나와서 한편으로는 기쁘기도 하지만, 온밤을 어두움 속에서 눈을 감지 못할 정도로 내 글에 대한 부족함을 깊이 느끼게 됩니다.

인터넷에 수없이 떠다니는 '촌년 10만 원'을 내가 쓴 글이라고 말하고 싶어서라도 '책을 내면 어떨까'라고 막연하게나마 꿈꾸어

왔지만, 그 꿈이 현실로 바뀌자, 내 정신세계는 몸살을 앓았습니다. '그냥 꿈을 꿀 때가 행복했었구나'라는 회한이 들기도 합니다.

고통을 배우는 연습을 거듭하면서, 부끄럽지만 아직도 영글지 못한 글을 내 놓으며 머리 숙여 마음을 드립니다.

이 땅을 저에게 선물로 주신 아버지, 어머니, 늘 죄송합니다. 그리고 언제나 집 나가게 내버려둔 남편과 밥을 제때 못해 준 아이들에게 고마움과 미안함을 가집니다. 저를 사람 되라고 가르쳐 주신 스승님, 따스한 출판사 김현태 사장님, 애쓰셨습니다.

이 모든 영광을 하나님 아버지께 돌립니다.

2016년 9월 우애자

차례

집 나가고 싶다

집 떠나고 싶다

기 차 여 행

추 억 여 행

무지갯빛 추억여행

집나가고 싶다

우애자 지음

집,
나가고 싶다

바다 저 끝에 무엇이 있을까?

미지의 세계에 대한 열망이 작은 배에 몸을 오르게 한다.

영화처럼 아주 조용히 떠나는 거다.

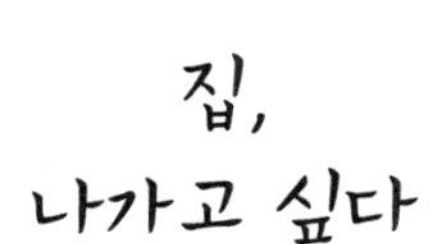

집,
나가고 싶다

잘못 그린 그림을 지우개로 지우듯, 모든 일상을 다 뭉개 버리고 거울 앞에 섰다. 면도날을 꺼내들고 얼굴로 가져가 눈썹 아래에 머문 검은 털을 깎아내며 반달모양으로 신중하게 밀어댄다. 밤색 연필을 들고 콧날 사이로 두 줄로 금을 그어놓고 분을 발라 두드리면 콧날이 좀 선듯하다. 멋으로 입던 구멍 난 바지는 팽개치고 공주 원피스에 친구가 사준 나비 스카프를 휘날리며 머리엔 꽃도 하나 얹어야겠다.

검지로 꾹꾹 눌러 택시를 오라고 명령한다. 창밖에 피어난 개나리와 벚꽃을 가슴에 담고, 핑크빛 사랑을 떠올리며, 약속된 장소에 차가 멈춰 서자, 만 원짜리 지폐 세 장을 펼쳐들고 “6천원은 그냥 두세요” 라고 하며 난생 처음 친절해 본다.

하얀 슈트의 남자와 호수에 피어난 꽃빛이 함께 반짝거린다. “왜 이제 오는 거야” 다그치는 소리가 아닌, 낮은 음으로 남자는 “어서 와”하며 문을 열어주고 등 뒤에 감춘 장미 한 송이를 건네며 이를 드러낸다.

호수에 돌을 던지자 파문을 일으키며 동그라미는 어디론가 사라져만 간다. 종이배를 접어타고 어디론가 가고 싶다는 충동을 느낀다. 승용차는 설정되지 않은 목적지를 향해 오르고, 내리고, 돌고, 돌아, 지방도로를 타며 느린 거북이처럼 천천히 가고 있다.

조수미의 가창력을 발휘하는 실내공간은 자연과 음악이 휩싸이는 무지개 세상 같다. 높다란 길 정상에 서서 커피 잔에서 김을 날려 보내며 커피를 씹어 삼키며 골몰한다. 씀과 담이 더 깊게 느껴진다. 그리고 사랑한다는 말을 들어본다.

바다에 살고 싶었던 꿈을 실현하듯 바닷길을 향해 한없이 가고 있다. 일렁이는 파도는 마치 무대 위의 무녀처럼 소리와 함께 춤을 춘다. 바다 저 끝에 무엇이 있을까? 미지의 세계에 대한 열망이 작은 배에 두 몸을 오르게 한다. 영화처럼 아주 조용히 떠나는 거다.

가고 싶을 때는 가고, 돌아오고 싶을 때는 돌아와 시장에 선다. 생선들의 일상을 깨어버린 인간들을 보며, 바다식구들은 죽음 앞에서 눈만 껌벅이고 있다. 멸치 부부는 시락국 집에서 만나자고 했을까? 괜히 웃음이 나온다. 가오리, 멍게, 우럭, 문어를 선택한다.

다시 어디론가 가다보니 화진포가 있다. 공주가 살아야 할 '새로운 시작'이란 펜션에 들어간다. 금방이라도 철썩거리는 파도가 내 뺨을 후려칠 것만 같은 방에서 바다를 한 몸에 껴안자, 가슴이 뻥 뚫리듯 시원함을 느끼는 아름다운 휴식이다.

창가에서 바다를 사랑하고 있다가 시뻘건 가오리무침과 요란한 밥상 앞에서 공주라는 사실도 잊은 채, 잔뜩 배불리고 밤바다를 향해 "야, 바다야, 너는 내가 행복한 거 아냐"라고 소리친다. 방안도 밤바다처럼 같은 색을 내고 있었다.

태양은 방까지 침입해 "이제 일어나야 해"라고 하며 아침이라고 재촉한다. 바다는 계속 노래하고 있다. 나는 바다라고... 그리고 저속 차량은 바닷길을 향해 또 가고 있다.

방

내 나이 열 살 되던 3월 5일, 봄이라고 하지만 매서운 바람이 옷깃을 스쳤다. 이사를 가기 위해 보따리를 이고지고 나서는 부모님을 따라가면서도, 고향을 떠난다는 아쉬움이나 친구들과 헤어진다는 슬픔 따위는 안중에도 없었고, 오로지 새로운 곳으로 가는 것에 대한 호기심만이 있었다.

난생처음 탄 열차는 가만히 있어도 춤을 추는 것 같이 몸이 자꾸만 흔들렸고 기차가 설 때면 끼익하며 덜커덩 멈추어 서서, 넘어질 것 같아 의자를 꼭 붙잡았다. 창문 밖에는 우리가 살던 기와집 외에도 초가집, 이층집 그리고 별별 것들이 그림책처럼 지나갔다.

더 신기한 것은 기차가 굴속으로 들어가면 깜깜해서 무섭지만, 요술을 부리는 이상한 나라에 와있는 것 같았다. "쫄깃쫄깃한 오징어, 따끈따끈한 김밥, 삶은 계란도 있어요"라고 하며 어떤 아저씨가 하는 말은 연탄 찍는 기계처럼 바쁘게 나왔다. 그 음식들을 바라보다가 입에 침만 고이고 바깥구경도 못했다. "여기는 원주입니다"라는 예쁜 언니의 말소리는 아까 그 아저씨처럼 서울말이었다.

커다란 역을 빠져나오니 집들은 억수로 많았고, 멋있는 군인 아저씨들이 걸어가기도 하고, 큰 트럭에 가득 타고 어디론가 가고 있어서, 그것이 궁금해 뚫어지게 바라보고 있었다.

어머니가 "야야, 여기가 우리 집이데이"라고 하시는 곳에서, 검은 양철로 된 큰 대문을 보자 사정없이 입이 벌어졌다. 위채에는 일자형 기와집과 아래채에는 네모난 커다란 초가집이 있었다. 기와집을 지나 초가집을 반 바퀴 돌아 맨 뒤쪽으로 가자, 작은방 하나와 남동생과 놀 수 있는 마루와 마당도 있었다.

초가집은 비가 오면 볏짚 사이로 떨어지는 물을 받아 빨래도 하지만 겨울엔 고드름이 줄줄이 달리면, 제일 큰 걸 꺾어 "고드름, 고드름 수정 고드름" 하고 노래를 부르다가 칼싸움 하려고 내려치면 모두 동강이 났다.

초가집 안채는 주인집 할매가, 옆방에는 아들 내외가 살았고, 기와집 제일 큰방은 부엌도 컸지만 부뚜막은 고운 시멘트가루로 반듯하게 만들어져 있었다. 거기에다 수도까지 있고 부엌문 밖에는 그 집만 사용할 수 있는 변소도 있었다. 모두가 부러워하는 이 방은 세를 들어 사는 열 댓 집 중에 가장 비싼 2천 원짜리이고 방 주인은 육군소령이었다.

퇴근 시간이면 군인 지프차에서 내려 걸을 때 나는 씩씩한 군화 발소리와 모자에 달린 무궁화는 진짜 멋있었다. 또 부엌문을 몰래 들여다보면 설 명절이 지난지도 꽤 되었는데도 하얀 가래떡이 물속에 누워 있어 부자라는 걸 단번에 알 수 있었다.

소령집이 이사를 가면 역전 파출소장 네가 오고... 아무튼 들고 나는 이들이 높은 직위를 가지고 있었고 부잣집들이었다.

다음 초가집은 방도 좁지만 굵은 모래를 섞어 모양새 없이 만들어 놓은 부엌에 수도가 없지만 문 앞에 공동수도가 있었다. 이 방은 선생님이나 철도공무원 같이 월급을 따박따박 타는 직장인들이 살았고, 한 때는 우리 교장선생님이 사셔서 반 아이들한테 한집에 산다고 은근히 우쭐대기도 했었다. 방값은 1천 500원이었다.

천 원짜리 방은 장사를 하거나 고정수입이 없는 사람들이 살고 있었다. 초가집 문간방은 문지방 앞에 연탄아궁이가 하나 달랑 있어 부엌살림은 방에 두고 겨우 취사를 할 수 있었고 설거지는 공동 수도에서 해야 했다. 이 방에는 한 때 소경 아저씨와 부인과 아들 호진이가 살았다. 안마하러 갈 때면 부인이 팔장을 끼고 아들과 함께 다녀오는 모습을 볼 수 있었다. 나는 그 아줌마가 참 착하다는 생각을 했었다. 방값은 잘 모르지만 우리 방이 500백 원인 걸 보면 아마 그 방은 300원 정도 하지 않았나 싶다.

또 대문밖에 달아지은 집이 있었는데 그 집은 딸만 자그마치 여섯이라, '딸 많은 집'이라는 칭호가 붙어 다녔다. 셋째 딸이 제일 예쁜 내 친구 선자인데 지금에 와서 "너희 방값이 얼마였냐"고 물어보고 싶지만, 연락이 끊어졌다. 한 1천 5백 원 정도 했을 것 같다.

도로변을 끼고 있는 점포는 서너 칸 정도인데, 그 중에 술집이 하나 있어서, 술 취한 주정꾼의 고함소리도 가끔은 들어야 했다. 점포 세가 얼마인지 감이 잘 안 잡힌다.

선자 네가 이사 가고 깡패로 소문난 진주 아저씨가 이사 왔다. 나이가 많고 늘 아픈 여자를 부인이라고 했다. 아저씨는 깡패였지만 늘 친절하며 따뜻했고, 어렵고 극적인 상황에서 나를 구해준 고마운 아저씨다.

이렇게 열 댓집, 약 50여명 살고 있었다. 주인 할머니는 그야말로 왕 같은 존재여서 거친 욕을 해도 모두가 꼼짝도 못하고 꼬리를 내려야 했다. 할머니의 욕 중에서 '염병할 년'은 아직도 생생하게 기억이 난다.

아침이면 밥을 지으려고 온갖 그릇들이 공동 수돗가에서 줄을 서서 있었다. 새치기라도 하면 한바탕 난리가 나곤 했다. 아침부터 설치지 않으면 밥도 제대로 먹을 수가 없어서 부지런한 자만이 살수 있다는 삶의 체험 현장이었다. 생리현상은 정해진 시간이 따로 있지도 않은데, 변소 앞에서 몇 명씩 줄을 서서 고통스러운 몸부림을 해야만 했다.

하루는 변소 안에서 닭을 잡아먹은 흔적이 있었다. "어떤 놈이 닭을 훔쳐서 잡아먹었군"하며 난리가 났다. 범인은 바로 문간방에 새로 인사 온 사람이란 걸 알게 되었다. 지금 생각하면 '부엌이 없어서 그랬을 거야'라고 이해하고 싶다.

전기요금과 수도요금을 계산하는 날에는 모든 가정의 여자들이 모여서, 각 가정의 식구 수와 방문한 친척들의 수 까지 따지며, 누가 더 내야 하고 덜 내야 하는 지를 소리를 지르며 싸우곤 했다. 그러면 여지없이 주인 할머니가 "염병할 년들"이라고 소리를 쳤지만, 누구하나 대드는 사람이 없었다. 왜냐하면 방세를 제때 못 내서 당장 나가라고 할머니가 소리치면 대책이 없기 때문이었다. 대부분의 가정이 아이들이 많다보니 세로 받아줄 집이 많지 않았다.

주인집 할머니 손녀, 숙이는 나보다 한 살 아래지만 부잣집 딸이라서 피아노를 배워 노래도 유창하게 불렀고, 라디오에서 동요대회를 하면 자기가 심사를 한다고 잘난 체를 하였다. 숙이는 선자와 나와 세 친구로 잘 놀 때도 있지만 붙었다가 떨어졌다가를 반복하며 복잡한 삼각관계 유지했다.

숙이의 아버지는 학교에서 감투를 쓰고 있어서 숙이까지도 잘 알려졌다. 하루는 어머니가 예쁜 스웨터를 사주셔서 학교에 입고 갔는데, 하필이면 숙이가 입고 있는 옷과 같은 것이라서 아이들이 "야, 너 숙이 것 빌려 입고 왔냐"라고 놀려서 정말 화가 난 적도 있다.

어머니는 추운 겨울에 장사를 마치고 집으로 돌아오는 길에 가마니를 덮고 자는 걸인을 만나면, 우리 집으로 초대를 하셨다. 때론 아이까지 달린 걸인을 데려와서 좁은 방이 더욱 복잡해지고, 아침이면 어머니는 꼭 한 상에서 같이 먹어야 한다고 고집을 부리셨다. 마치 남북회담처럼 이쪽은 보리밥과 산나물이며 저쪽은 깡통에 쌀밥과 생선이 들어있는 것을 보면서도 나는 분명한 신분차이를 만끽했다. 만찬을 마치고 손님이 돌아가고 나면 몸에서 스멀거리는 이를 잡아다가 양 엄지손가락 사이에 넣고 부딪치면 여기저기서 따다닥 창자 터지는 소리가 연이어 났다.

무수한 세월이 지났지만 거지 아이들을 데려왔던 엄마의 입가에 행복한 엷은 미소는 내게 여태 남아 있어서, 힘들 때마다 꺼내 보는 위로의 사진이며 힘을 내게 하는 영상이다. 나는 그 방에서 할부로 산 빨간 재봉틀 발판에 발을 올려놓고 옷을 만들며 부유를 흉내 냈었고, 대문이자, 현관문이자, 방문인 문을 열면 하늘의 별들이 들어오는 그 방에서, 별들과 속삭이며 울고 웃곤 했다. 엄마는 방세가 통장으로 들어오는 날이면 숫자를 세시며 옛일을 추억 하신다.

당아새를 아십니까?

“사람이니까 외롭다 산 그림자도 외로워서 마을로 내려온다” 라는 어느 시인의 시를 떠올리며 ‘어떤 사람이 외로울까?’를 생각해 보았다. 힘이 세고 용감한 남성이라고 하더라도 마음속에 든 외로움을 어찌 다 들여다 볼 수 있을 까? 돈 잘 쓰는 부자라고 외롭지 않은가?

당아새는 시편 102편에 등장되는 새(Pelican, 펠리컨)로서 넓은 바다에 외로이 홀로 서 있는 새다. 부엉이와 함께 외로운 신세를 의미한다. 우리나라 소쩍새와 같은 새로 이해할 수 있다.

아주 오랜 옛날, 며느리를 구박하는 시어머니가 있었는데, 며느리에게 밥을 주지 않으려고 아주 작은 솥을 주어 밥을 하게 하였다. 며느리는 날마다 밥이 적어 먹을 수 없게 되자, 결국은 굶어 죽게 되었다. 그 불쌍한 며느리의 영혼은 새가 되어 '솥이 적다'라는 의미로 "소쩍, 소쩍"하며 울었다는 이야기가 있다.

해질 무렵부터 새벽까지 활동하는 소쩍새 울음을 달빛 아래서 듣고 있다 보면 구슬프기까지 하다. 부엉이 역시 밤에 활동을 하여, 어리석고 이해타산이 분명하지 못한 사람을 '부엉이셈'이라고 한다. 이 모든 새들은 올빼미과로 천연기념물 324호로 지정되어 있다.

당아새는 빈궁한 자, 집이 없고 힘이 없는 또는 역경을 당해 낙담해 있는 자, 겸비한 자 그리고 외로운 자를 비유하고 있다. 인생은 각자의 몫이기 때문에 외롭다. 이런 외로움을 숨긴 채 즐거운 것처럼, 행복한양 겉은 화려하나 당아새와 같이 외로운 사람들은 누구일까?

우리는 당아새를 볼 수 있어야 한다. 호화롭지만 가슴에 구멍 난 자에게, 또는 배고픈 자에게 "배부르게 하라", 추위에 떠는 이에게 "방을 덥게 하라"고 말만 하고 살지는 않은가?

별이 빛나는 이유

"제주도에 가면 별이 하나도 없다. 왜냐하면 신혼여행에서 하늘의 별이라도 다 따다 줄 것처럼 다짐하는 부부들이 많기 때문이다"라는 우스갯소리가 있다.

요즘은 별이 잘 안 보인다. 그 옛날 수많은 별들은 어디로 갔을까! 우리는 별을 잊은 채, 그야말로 '별 볼일' 없이 살아가고 있다. 머리에 지붕을 이고 서 있는 듯, 집들을 왜 그리 하늘로 치솟는지...

어린 시절 저녁상을 물린 마당가에서 멍석을 깔고 누워 하늘을 우러러 보며 누구 별이 예쁜가 경연마당 펼치기도 했고, 하늘 무대에 별가수가 몇이나 출연했나를 셈하기도 했다.

담벼락에 대고 문 열어 달라고 구차하게 사정 할 필요 없이, 대문이자 현관이며 방문인 문 하나만 열면, 온 하늘이 내 방에 들어와 앉아 슬픔에 친구가 되어주었고, 꿈을 먹게 하고, 그리움을 배우게 했다. 개구리 우는 밤, 좁은 논 뚝 길을 지나며 물안 합창제에 별도, 달도 함께 놀고 노래했다. "푸른 하늘 은하수"라는 노래를 부르면서 도랑의 고운 물에 마음 씻고 뽀얗게 되었다.

별도 잊어버리고 마음도 닫고서, 대체 무엇을 위해 숨 가쁘게 달려왔을까! 손가락 셈 내던지고, 주판알 내 팽개치고, 손가락 하나로 꾹꾹 눌러 많은 숫자를 아무렇지도 않게 두드리며 경제박사 흉내를 내고 있다. 그렇지 별하고 놀아야 할 이유 없었을 것이다. 무조건 이겨야 하니까, 별을 보다가 경주에서 탈락하면 큰 일 나니까 말이다.

나는 요즈음 이런 생각을 한다. 한국전력의 높으신 분과 친분을 맺고, 전기 불을 끄고 별보는 날을 만들어 '별 볼일' 있도록 하자고 조르고 싶다.

어느 날 밤, 내 눈에 별이 보였다. 아침부터 반찬을 준비해 시골 독거노인가정에 배달을 끝내고 돌아오는 길에서 마치 오랜 여정을 마친 여행객마냥 모처럼 피곤함을 경험하고 있었다. 육중한 시계는 이미 12시란 숫자를 넘어섰고 하루가 교차하는 시점에서 하늘을 보자, 별이 보였다.

"우리가 사랑함은 그가 먼저 우리를 사랑하였음이라"는 성경구절이 떠올려지며 위로와 함께, 이렇게 일하는 것은 지극히 당연하고 마땅히 해야 할 일이라고 일러주었다. 고단함이 도망가고 있었다. 별은 아직도 내 가슴에…

나는 보따리 장사다

나도 한때는 한 달에 한 번씩 정해진 날짜에 월급을 타던 시절이 있었다. 우체국이나 전화국 창구에 찾아오는 이들을 고객이라며 친절을 연습했었다. 하지만 지금은 한자리에 있는 게 아니라, 여기저기 떠돌아다니는 보따리 장사로서 '나'라는 물건을 어떻게 파느냐에 따라 상품에 가치가 달라진다.

지역, 환경, 연령, 학식 등 성향에 따라 내가 눈높이를 잘 맞추어야 나를 재구매 할 것이다. 때로는 옆집 아줌마, 교직에 있었던 선생님, 타지에선 "너의 엄마가 내 친구다"라고 하면서 강사인 내게 오는 사람들이 있다. 내게는 모든 이들이 나의 고객으로, 아이건 어른이건 어디서 누구를 만날 줄 모른다. 그래서 난 가끔 혼자 거울을 보며 '쏠음'으로 "고객님 안녕하십니까?"라고 넙죽 절할 때가 있다.

본격적인 강사생활을 20년 넘게 하다 보니, 단골이 꽤 잡혀, 아직은 사업이 잘 돌아간다. 이렇게 보따리 장사를 잘 할 수 있었던 것은 내 꿈 중에 하나를 이룬 덕택이라 짐작한다.

중학교 1학년 때 좀 더 큰 학교로 전학을 가자, 우리 반의 반장은 얼굴이 뽀얗고 예뻐서 부잣집 딸 같이 보였고, 공부는 일등이고, 웅변대회에서 늘 상을 타오면, 전교생 앞에서도 목청을 높이며 속 시원하게 외쳐댔다. 난 그 웅변이라는 게 너무나 하고 싶었지만 내 속내를 받아줄 사람은 아무도 없어서, 꿈은 펴지도 못한 채 학교생활을 끝냈다.

그 이후 평창군에서 웅변대회가 있다는 소문에 웅변이 무엇인지도 잘 모르면서 내 심장에 분수처럼 솟아오르는 욕망을 자제할 수 없어서 일단 우체국소속으로 신청을 했다. 혼자서 원고를 써서 밥상 앞 벽면과 천정에 붙여놓고, 읽고 외우고 녹음기에 녹음을 해 들으며 "이 연사 외칩니다"라고 하며, 내 조그만 자취방을 열정으로 가득 채웠다.

드디어 군민회관 단상에서 원고도 없이 모두 외워서, 난생처음으로 수많은 청중 앞에서, 두 주먹을 불끈 쥐고 폭풍처럼 아니 용이 불을 뿜어내듯 외쳤다. 그건 내 안에 든 한을 쓸어내는 씻김이었다. 그날 대상을 받고 유명해져서 그런지 초등학교에서 웅변을 가르치고, 소풍날은 아이들을 데리고 놀고, 운동회 사회도 보고, 마을과 예비군 체육대회도 내 손에 마이크가 들려졌다. 20대인 내가 4H 강사가 되어 통일 퍼포먼스 춤을 가르쳐 강원도 대회에서 일등을 했으니 지금 생각해도 우습다.

이쯤 되다보니 공직에 있으면서도 농번기 탁아소 운영을 위한 내 계획이 순조롭게 진행되었다. 이미 내게는 두 번의 탁아소 경험이 있었다. 원성군 흥양 교회에 자원해서 보모를 하는데, 무일푼이지만 앞뒤 없이 무조건 일을 추진했다. 농사일에 바쁜 이들의 아이를 봐준다는 건 만해도 마을 사람들은 좋아했다. 아이가 동생을 업고 오면 갈 때는 내가 업어다 주었다. 먹을 것을 제대로 못 먹인 것이 아직도 후회가 된다.

횡성군 서원면 사일리에서 농번기 탁아소를 할 때는 어머니가 작은 문구점을 하셔서 슬슬 빼내 쓰기도 하고, 달력을 얻어와 뒷장에 그림도 그리고, 풀을 뜯어와 식물채집을 했다. 하기 싫어 억지로 했던 방학숙제가 요긴하게 써먹을 줄이야 누가 알았겠는가. 시내 유치원에 찾아가 종이로 만든 집배원 가방을 얻어와 어깨에 메고 "집배원 아저씨 큰 가방 메고서 어딜 가세요. 큰 가방 속에는 편지, 편지 들었는데 시집간 언니가 내일 온데요"라고 노래 부르면 아이들이 무척이나 좋아했었다. 집이 멀어 숙식을 하는 자원봉사지만 귀한 밥 얻어먹는 것조차 미안해 여러 차례 밥을 굶을 때도 있었다. 하지만 우체국 발령이 앞당겨지는 바람에 마음만 부풀게 하고 다 마치지 못한 채 그곳을 떠나게 되어서 아이들에게 지금도 미안하다.

세 번째 탁아소는 그래도 탁아소 경험이 있어서 개소식도 열어 관공서 직원들과 마을 일꾼들도 불러 모았고, 나무를 베어와 진달래와 개나리를 만들어 달아 마을회관에 세워서 그런대로 폼이 났다. 이제 간도 커졌는지 면사무소에 가서 밀가루도 얻어와 자모들한테 빵도 만들어 달라고 해서 아이들을 먹였다.

아침이면 멀리서 업혀 온 아이까지 60여명이 우체국 앞에 모여와 아침을 먹을 수도 없었고, 점심 이래봐야 밀가루 빵이 내입에 들어올게 없어, 하루에 두 끼씩 저절로 금식이 아닌 금식을 하였다.

일이 잘되어가자 강원 체신청에서 상을 받으러 오라고 하고 군청과 농업기술센터에서는 5월 5일 어린이 유공자라면서 상을 주겠다고 했으나 시집가는 날이라 상은 집으로 배달되었다. 우 양이 시집간다며 많은 분들이 농사일을 접어두고 멀리까지 와주었고, 탁아소 자모들은 100원씩을 모아서 선물로 사준 커다란 거울은 이제 흔적도 없지만, 아직도 내 마음을 비추고 있다.

내가 지금껏 보따리 장사를 잘 할 수 있었던 것은 아마 평창군민회관에서 웅변으로 한을 뽑아내던 그날 덕분이라 감히 말한다. 나는 누구 앞에서도, 어디서든 떨지 않은 '간 큰 여자'다. 난 그 이후로 아직도 선생님이란 호칭이 붙어 다닌다. 부끄럽게 시리...

키다리 선생님과 아이스케키

담 너머로 고개를 쑥 내밀정도로 키가 컸던 선생님은 학교 갈 때마다 친구를 부르듯 나를 부르셨다. 긴 다리로 한 발짝 떼시면 난 서너 발걸음을 해야 하니 콧잔등에 땀방울이 맺히곤 했다. 학년이 바뀌면서 난 다른 중학교로 전학을 갔고 선생님은 군에 입대하셨다.

무척이나 더웠던 여름날 휴가를 나오셔서 제과점으로 불러 5원짜리 팥 아이스케키를 원 없이 사주셔서 한 스무 개 정도 먹은 것 같다. 얼마나 맛있었던지 난 지금도 팥만 들어가면 무조건 다 맛있다.

20년여 년을 보내면서 직장과 결혼, 아이 키우느라 그런대로 잊고 살았지만 우연히 선생님의 소식을 알게 되었다. 과일가게 들러 묻지도 않는데 "우리 선생님 드리려고 해요. 아주 맛있는 것으로 주세요"라고 하며 친구 봉춘이와 함께 가서 선생님 앞에 앉았다. 전역을 하고 난 이후, 살길이 막막하여 대구의 한 공장에서 일당을 받으며 잡부로 있었는데, 일을 마치고 정문을 나갈 때마다, 공장에서 물건이라도 훔쳤을까봐 달그락 거리는 도시락까지 검열당하는 수모를 겪었다고 하셨다.

그 후 노동일을 그만두고 포항제철 말단사원으로 입사를 하자, 그 당시 대학도 졸업한데다, 성실하여 남보다 빠른 승진을 하여 중역을 맞게 되었다고 했다. 그런데 잡부로 일을 했던 바로 그 공장에서 생산하는 제품을 납품받는 결재권자가 되어, 그 공장으로 가기 위해 고속버스에서 내리자, 간부들은 고급승용차로 마중을 나와 있었다고 한다. 그 차를 타고 정문을 들어서는 순간 자신의 도시락까지 뒤지던 수위들로부터 거수경례까지 받는 순간, 감정이 야릇해지며 너무도 변한 모습에 무척이나 놀랐다고 하셨다.

등교할 때나, 팥 아이스케키 사주실 때나 언제나 열심히 살라고 당부하시던 선생님, 또 20년이나 지난 지금, 어느 곳에서 사시는지 소식이라도 알게 되면, 난 과일가게에 가서 우리 선생님 갔다 드린다고 맛있는 수박을 사며 수다를 떨다가 낑낑거리며 들고 갈까? 아니면 에어컨 빵빵한 곳에서 아이스크림을 사 드릴까? 아이들이라도 주렁주렁 달고 가서 넙죽 엎드려 인사를 드리라고 할까?

별난 크리스마스

달력은 "지금 12월이야"하고 응대한다. 한 해의 마지막 달은 항상 아쉬움이란 짐의 무게를 이고 서 있다. 온 사방에 울려 퍼지는 캐럴 송을 즐기며, 좀 더 예쁜 카드를 사서 가장 좋은 말을 넣기 위해 고민했던 크리스마스였다.

어린 시절 헤어진 바지 무릎에 천을 덧대어 꿰맨 바지를 입고, 입을 동그랗게 벌리면서 "고요한 밤, 거룩한 밤"을 부르며 불을 끄고, 촛불로 무용도 했었다. 그때 나는 얼마나 멋있었는지 마치 하늘의 천사 같았다.

청년시절, 크리스마스 새벽녘에 집집마다 다니면서 케럴 송을 부르는데 어찌나 추었던지, "고요한 밤, 거룩한 밤"의 한 소절을 부르고 엉엉 소리 내어 울고, 다시 "어둠에 묻힌 밤"을 부르고 또 울곤 했다. 눈물이 범벅이 된 새벽노래를 가가호호를 방문하며 감당해 내었다.

또, 한 해는 "우리도 이웃을 위해 무엇인가 해야 되지 않을까" 하며 머리를 맞대고 묘안을 궁리하다가 모두들 어려운 형편이니까, 농사는 짓지 않지만 집에 있는 곡식들을 조금씩 가져오기로 의견을 모았다.

쌀, 좁쌀, 콩, 감자, 고구마 등을 이래저래 모으니 그런대로 선물이 될 수 있었다. 내천이 있는 다리 밑으로 내려가자, 세찬 바람과 함께 흐르는 물소리는 더 추운 겨울임을 실감하게 했다. 거적때기로 쳐 놓은 움막집에 이르러 "계십니까?"라고 하며 왔음을 알렸지만 움막 안에서는 파르르 떨고 있는 신음소리만 들릴 뿐, 찾아온 손님을 맞으려 하지 않았다. 이윽고 우리가 "교회에서 왔습니다"라며 안심을 시키자, 노인은 그제 서야 움막 밖으로 기어 나오며 깡패들이 온줄 알았다며 안도의 숨을 내쉬었다.

이 걸인에게도 하나님의 무한한 축복을 기원하면서 "고요한 밤, 거룩한 밤, 어둠에 묻힌 밤, 기쁘다 구주 오셨네"를 맘을 다해 불렀던 20여 명은 그 노인과 함께 오랜 시간 울음바다를 이루었다. 하늘에 있는 별도 깜박이며 응원해 주었고 달도 자리를 뜰 줄 몰랐다.

그 옛날의 크리스마스가 그리워지는 밤, 우리 마음들이 정말 예뻤었다고 칭찬하고 싶다.

도라지타령

담배와 인연을 끊은 지 꽤 오래 되었다. 왕 골초 아버지한테서 해방된 지 오래되었다는 이야기이다. 담배를 안 피워도 늘 담배 냄새를 지닌 채 다녔다. 수십 년이 넘는 담배경력 때문에 도라지라는 담배가 있었다는 것뿐만 아니라, 담배에 도라지를 넣었기 때문에 '도라지'라고 이름 지었다는 정보도 알고 있었다.

아버지께 담배를 선물하는 것이 제일 좋은 점수를 받을 수 있다는 것도 터득했기 때문에 값싼 담배로 생색을 내는 일을 왕왕 해왔었다. 대구에서 명절을 보내고 원주로 가는 길에 들렀다며 아버지가 우리 집에 오셨다. 아버지는 괜히 분주해 하는 성격을 가지고 있기에, 느긋하게 기다리며 밥상이나 받으실 분이 아니다. 여든을 훌쩍 넘겨버린 연세지만, 6.25 참전용사로 훈장을 타신 그 기질은 여전하시다.

빨리 대접 할 수 있는 방법으로 아이한테 담배 한 보루 급히 사오라며 내몰고, 아버지가 못가시게 지키는 상황이었지만 아이의 걸음을 왜 그다지도 느린지... 아이가 골목 모퉁이를 돌아오는 사이에 차는 이미 전우의 시체를 넘고 넘어 커다란 음악소리를 내며 저만치 가고 있었고, 아이 손에 쥐어진 담배는 한 갑뿐이었다. 이 한 갑의 담배는 그날부터 부모 잃은 고아처럼 이리저리 내몰리는 신세가 되었다.

어느 날, 모처럼 친정나들이에 그 담배 한 갑도 내 소지품에 끼어 외출을 하게 되었다. 제천에서 탄 직행버스에서 내려 원주에서 시내버스에 올라서서, 요금을 내기위해 동전의 행방을 찾는데, 요 알량한 담배 녀석이 “나 여기 있소”라고 하며 폼 재듯이 모든 이들에게 인사하기 시작했다. ‘립스틱을 짙게 바른 것도 아니고, 요란한 사자머리를 한 것도 아니고, 그저 참하게 살림밖에 모르는 아줌마로 보이는데... 담배를 피울 여자 같지는 않은데...’라는 생각을 하며 버스 안의 승객들은 나와 담배사이를 오가며 갈

등하는 눈초리로 쳐다보았다. 내가 살고 있는 지역과 요금의 차이가 있어 차비를 미리 준비하지 못한 나의 실수로 모든 이들에게 담배 피우는 여자처럼 여겨진 것이다.

그날따라 버스에는 웬 손님이 그리 많은지… 지금이라면 푼수 끼를 발동해서 "나 담배 안 피워요"라고 냅다 소리라도 질렀을 텐데…

강서방

청량리역에서 중앙선 열차를 타면 표준어에서부터 충청도와 경상도 사투리를 듣게 되며 때로는 전라도의 재미있는 말소리까지도 들릴 때가 있다. 열차 안은 다양한 언어창고이면서 많은 이들의 살아가는 이야기를 듣기도 하는 수다 방이다. 또 피곤에 지쳐 있다 보면 아무리 멋을 낸 요조숙녀라고 할지라도 별 수 없이 코를 골기도 하고, 입을 벌리고 침을 흘리는 모습도 볼 수 있다. 가식이 없는 우리네 삶을 접할 때마다 친근감을 느끼게 된다.

이런저런 구경을 하다가 옹천역을 지나게 되었다. 그런데 영주역에서 타셔서 내 앞자리에 앉으신 할아버지는 나를 바라보시더니 "옛날에 옹천, 어느 마을에 강 서방이 살았어"라고 하시며 진지하게 말을 꺼내셨다. 조금 지루하던 차에, 잘 되었다 싶어, 잔뜩 기대하며 귀를 기울였다.

"어느 날 꼭두새벽에 새우젓 장사가 '새우젓 사려'하며 소리치며 다녔어. 동네사람들은 하나둘 모여들었지만, 한사람도 새우젓을 사는 사람이 없었지. 강 서방네 들어온 지 얼마 안 되는 며느리는, 맛을 보는 것처럼 새우젓에 손가락을 꾹 찔러 넣어 집으로 들어가, 손가락을 물에 흔들어서 국을 끓여 아침상에 올렸어. 상을 받아든 시아버지는 국에서 고기 냄새가 난다고 하자, 아침에 새우젓 장사가 온 것을 며느리는 이야기를 했지. 그러자 시아버지는 새우젓 물을 아껴서 다음에 또 끓이지 않고 한 번만 끓였다며 노발대발 하셨지. 결국은 알뜰하지 못한 며느리라고 소박을 맞아 친정으로 울며 돌아가고 말았어…"

이 이야기를 해주신 할아버지는 다음 역에서 내리셨다. 나는 할아버지의 뒷모습을 바라보며 '우리 외할아버지도 강 씨인데'라는 생각에 미소가 지어졌다.

황금빛 겸손과 빨간 슬픔

아침 마당가에서 수돗물을 틀자 여름과는 달리 차갑지 않은 물이 쏟아지면서 김이 모락모락 났다. 하늘이 점점 높아지는 가을을 사무치게 기다리면서 때로는 멋진 풍경에도 소스라치게 놀란다.

따끈한 커피가 그리워지는 서늘한 공기에 방이라도 데워야겠다는 생각이 들었다. 방이 따뜻해지기를 바라며 검지로 보일러 스위치를 누르고 조금 있으니, 방 전체가 따뜻하다는 것이 전해졌다.

내 고향 영주에서, 하루는 선생님께서 갑자기 교실로 들어오시더니 초등학교 2년인 우리들에게 "야들아, 너들 서울가봤냐?"

라고 물으셨지만, 아이들은 아무대답도 못하고 고개만 갸우뚱하며 선생님을 쳐다 보고 있었다. 서울에 가본 아이가 아무도 없었던 것이다.

선생님은 다시 말씀하시기를, 서울에 가면 방은 아랫목 윗목 없이 다 따뜻하고 수도꼭지를 틀면 뜨신 물이 나온다고 하셨다. 그러면서 놀랍다는 표정으로 "아이고, 별 희한한 세상이 다 있구나!"라고 말씀하셨다. 하지만 아이들도, 나도 아랫목은 따듯하고 윗목은 분명히 차가운 것이라고 알고 있었기 때문에 선생님의 말씀을 쉽게 믿을 수가 없었다.

내가 어렸을 때 깍지를 들고 가서 솔가지를 긁어와 아궁이 앞에 모아놓고 불을 지피면 왜 황금색 솔가지가 빨간불로 변할까 고민한 적이 있었다. '풍구를 돌리면 불은 더 열심히 타겠지'라는 생각은 가을바람이 내게 준 것이었다.

찬 공기를 맞으며 대문 밖으로 나가자, 촉촉한 이슬들이 물꽃처럼 맺혀있다. 논 위에 벼이삭들은 가을 햇살에 고개를 한없이 숙인 채 겸손을 보여주고 있다. 죽음과도 같았던 장마를 이겨내고 뜨거운 가을 햇살에 황금빛으로 성숙한 벼이삭들은 뽐내지 않으며 머리 숙여 기도하고 있다.

산모퉁이는 벌써 빨갛게 물이 들었다. 단풍에게 "너는 이 세상에서 어떤 슬픔이 있었기에 얼굴이 빨갛게 되도록 울었느냐?"라고 물었다. 그리고 그 대답을 듣기도 전에 "그래, 빨간 낙엽도 곧 떨어질 테니까 슬픔도 사라질 거야"하고 말해 주었다.

파란 하늘

아침부터 식구들은 제각기 뿔뿔이 흩어져 집을 나서자 나만 혼자가 되었다. 바쁜 수레가 정신없이 돌다가 갑자기 멈추어 서자 한가함이 곧 외로움을 만들었다. 방 한구석에서 일렬로 누워자고 있는 책들을 지나치지만 선뜻 손이 가지 않는다.

청소기를 신나게 돌려볼까 했지만 잔소리를 받아줄 관객이 없다는 탓에 실행에 옮기지 못했다. 낮잠이라도 실컷 자볼 요량으로 죽부인까지 모셔와 "잠이야 와라"고 주문했지만 내 두 눈의 동공은 점점 커져만 갔다. '에고, 낮잠을 자본적이 있어야지.' 잠도 포기하고 창문을 내다보다가 오늘도 밖으로 나오라는 신의 계시를 받고 대문을 빠져나왔다.

갑작스레 놀자고 친구들에게 전화를 걸면 아무래도 거절당할 것 같고, 절망감을 느끼며 더 외로울 것 같아 그만두기로 했다. 버스를 타고 어디론가 가고 있는데, 창밖에선 내가 가장 좋아하는 코스모스가 나의 외출을 축복하듯 연신 흔들어 댔다. '나는 언제나 저 꽃처럼 여린 여인이 되어 현모양처 향내를 뿜어 낼 수 있을까?'라고 생각해 보았지만 금방 희박하다는 사실을 알게 되었다. 나는 어느새 내가 놀던 땅에 서서 하늘을 올려 다 보자, 그 옛날의 파란 하늘이 그대로 거기 있었다.

'만약에 저 하늘이 녹색이라면 어땠을까? 아니면 주황색?'라고 생각하다가, '계속 보다보면 지루할 거야. 노란색은 눈이 또 피곤할 것 같고... 그럼 검은 색, 아니지. 검은색은...' 이런 고민을 하다가 파란색으로 그냥 있어야 한다고 결론을 내렸다.

그 하늘아래서 친구들과 학교를 마치고 강둑에 앉아 행운이 온다는 네 잎 크로버를 찾느라 열을 올렸었다. 찾기만 하면 '내게 어떤 행운이올까'하며 여러 공상을 하곤 했다. '멋진 남자친구가 나타날거야. 아니면 상상할 수 없는 어떤 일이 꼭 올 거야'하며 행운을 노래했었다.

진짜 아줌마

실눈을 뜨자 시계바늘은 12시를 향해 전진태세를 보이고 있다. 아침상을 물리지도 않은 채 관객 없는 텔레비전에서 아직도 연설은 계속되었다. 간만에 달달한 잠을 잔 것이다. 어느새 햇살은 창문을 비집고 들어와 쌓인 먼지를 점검하고 있었고 느슨한 일상이 행복함을 일깨우고 있었다.

오후가 되면서 '위대한 탄생'을 들으며 먼지도 털어내고 커피 한 모금 입에 물고 하늘을 보자, 그동안 잊고 있었던 구름 조각들이 파란색과 함께 어우러져 노닐고 있었다.

이불 보따리와 함께 떠났던 25년의 직업을 청산하고 본업이 진짜 아줌마라는 간판을 내걸었다. 비가와도 우산을 들고 아이들 학교 앞에서 서성이지 못했고, 준비물을 챙겨가지 못한 아이가 내가 가져 오기를 원했지만 제대로 못 들어 주었다. 아이들은 대문 열쇠를 꾀 차고 아무도 없는 집에 들어가, 고요를 느끼고 어두움도 감당해야 했다. 늦은 시간에 집에 돌아와 보면 저녁도 먹지 못한 채 잠들어 있는 내 아이들이었다. 이제 열쇠 꾸러미를 빼앗고 초인종 누르라고 신신당부하고, 언제라도 뛰어나가 문을 열어주며 반가워하는 현모양처 행세를 해야지…

저녁상으로 즐거운 만찬을 준비하고 싶다. 어린 시절, 쑥을 뜯어 된장국을 끓이고, 미나리를 베어 부침개도 하고, 냉이는 살짝 삶아 참기름 냄새 풍기며 지지고 볶고 하던 추억이 있다.

'콩나물밥을 해 양념간장에 비벼먹을까? 뚝배기에 고추를 꺾어 넣어 보글거리는 소리를 들으며, 감자 넣은 보리밥에 고추장을 넣고 입가에 벌겋게 물들여 볼까? 아참, 쇠똥나물도 일품이지! 어린 시절 지겹도록 먹던 보리밥과 비름나물이 별미로 둔갑해 왜 이다지도 먹고 싶은 걸까?'하며 군침을 삼키다 말고 아이들의 얼굴을 떠올리자, 방금 전 차리던 밥상은 그만 물거품이 되었다.

동태 한 마리를 사려고 시장에 들어서자, 상인들의 힘 있는 목소리가 의욕적인 삶을 느끼게 해 주었다. 생선가게에 가자 아주머니는 금방 온 문어가 싱싱하다며 "오늘은 이면수 한 마리 사가! 가오리도 좋아!"하며 웃음을 드러내었다. 문어를 상에 올리면 남편은 당연히 소주병을 꺼내들 것이기에 참았다. 내가 좋아하는 가오리 회무침은 벌써부터 입에 침이 고이는 걸 꾹 참고 꽃게 세 마리를 들었다.

꽃게가 원숭이와 떡을 서로 먹기 위해 다투던 이야기가 생각났다. 그리고 김 한 톨을 사자 김을 만든 사람이 이름 짓기를 고심 하다가 자신의 성을 따서 '김'이라고 지었다는 이야기도 생각났다. 내 성을 따라 했으면 "우 주세요"라고 해야 했을 것이다. '박, 장, 구, 성' 등 아무리 다른 성을 되뇌어도 '김'이 안성맞춤이네 하고 피식 웃었다.

앞치마를 두르고, 꽃게를 나란히 눕혀 놓고, 아이목욕이라도 시키듯이 구석구석 손질하여 무와 별별 것 다 넣어 끓이며, 창문까지 활짝 열어놓고, 냄새가 옆집까지 가기를 보채고 있었다.

돈 벌어다 주는 괜찮은 남자를 잘 장만해서 진짜 아줌마를 할 수 있으니 고맙다고 해야겠다. 아지랑이 머뭇거리는 들판에서 쑥을 캐어 만든 쑥버무리로 봄을 누구에게 선사해야할까!

바른 생활

내가 만나는 사람들 중에 어떤 이는 대자연을 종이위에 머물게 하는 요술을 가지고 있다. 초목이 무성한 푸른 산도 옮겨오고, 맑은 물도 길어오고, 예쁜 꽃도 골고루 가져다놓고, 어여쁜 여인도 초대한다. 사계절도 불러 모아 놓고, 보는 이들이 감탄하게 하는 능력을 가지고 있다. 그러나 때로는 아름다운 하늘을 붓으로 옮기지 못하는 아쉬움이 있다고 한다. 신비의 하늘이라고 늘 떠올리지만, 나 역시 하늘을 충분히 표현할 수 없는 안타까움이 있다.

그 댁 화실에 들어가서 흰색 종이에 검은 먹으로 쓴 '바른 생활'이란 글자를 보자, 마치 감전사고가 난 기분이었다. 까마득하게 잊어버린 과거가 선명하게 살아나며 교과서 표지에 있던 네 글자 '바른 생활', 책보자기나 가방에 넣고 다니는 필수품으로 여겼던 '바른 생활' 책 한 권이 '삶의 올바른 양식을 가르쳐 주었구나'라는 뒤늦은 깨달음을 얻게 되었다.

화가 선생께서는 어느 분이 가훈으로 정했다며 그려 달라고 요청한 것이라고 했다. 하지만 그 글이 늘 자신을 바라보고 있어서 조금 부담감을 느껴, 어서 가져가기를 기다리고 있다고 했다.

바른 생활이 무엇인지 생각하지 않고 깊이 묻어둔 세월 앞에 무게를 느끼게 된다. 바르지 못한 행위를 깨우침 없이, 약삭빠른 척, 남보다 뛰어난 척, 포장하며 살아온 날들…

다시 어린아이와 같이 바른생활을 등에 지고 다니면서, 거짓말하지 말고, "남의 것을 탐내지 말라"는 교훈들을 다시 배워보면 어떨까? 도산 안창호 선생의 "농담이라도 거짓말 하지 말라. 몽매간(꿈)에라도 성실을 잊었거든 통회하라"는 말씀이 마음에서 조용히 울린다.

박 넝쿨

박 넝쿨하면 고향마을 초가지붕에 파란 줄기가 올라가면서 하얀 꽃을 피우는 전경을 기억 할 수 있다. 무심코 봐왔던 기억들은 고향의 냄새를 풍기는 그림이기도 한다. 박을 통해 가난하지만 착한 흥부네 집은 잘살게 되고 못된 흥부는 벌을 받는 선과 악을 가르쳤다. 바가지는 우물가에서 목마른 자에게 물을 퍼주는, 훈훈한 인정을 베풀던 용기였다.

이른 아침부터 농사일을 하다가 점심나절 푹 퍼진 보리밥을 바가지에 담고 상추를 손으로 뜯어 넣고, 열무겉절이, 호박, 풋고추 등을 넣어 끓인 된장찌개에 음양이 조화를 이룬 고추와 고추장을 합세해 썩썩 비벼 먹으면 그야말로 꿀맛이었다. 배부르게 먹고, 나물 그늘아래에서 입을 하늘을 향해 벌리고 자노라면, 입언저리에 사냥하는 파리떼가 소동을 피워도 잠은 꿀송이처럼 달고 달았다. 여러 형제들 사이에서 유난히 밤에 오줌을 잘 싸는 동생은 키를 메게 하고 바가지를 들려 소금을 얻어오게 하면 창피하지만 매를 덜기 위해 소금을 얻어왔었다.

성경 속에 요나는 물고기 뱃속에 들어갔던 특이한 인물로 유명하지만, 그 나라에서 명망이 높았던 인물로 전해지고 있다. 요나에게 하나님이 니느웨로 가라고 명령했지만, 순종하지 않고 다시스로 도피하려다, 결국은 물고기가 요나를 삼켜 버렸다. 물고기 뱃속에서 삼일 밤낮을 갇혀 있는 고난이 닥치자, 회개를 하였다. 하나님께서 그의 회개를 보고 다시 살려주자, 요나는 니느웨로 가서 맡은 임무를 성공적으로 수행하였다. 하지만 그는 끝까지 질투와 분노와 원망하는 인간의 모습을 보여주었다. 이때 하나님이 박 넝쿨을 준비하여 그의 머리 위에 그늘이 지게 하자, 그는 박 넝쿨로 인해 심히 기뻐하였다. 하나님은 벌레를 준비하여 이튿날 새벽에 박 넝쿨을 씹게 하자 곧 시들었고 해가 뜰 때쯤 뜨거운 동풍이 불어, 뜨거운 햇살이 요나의 머리에 내리 쬐자 그는 스스로 죽기를 구하며 "사는 것보다 죽는 것이 내게 낫습니다"라고 했다. 박 넝쿨이 시들었을 때 다시 피기를 기도하며, 그늘이 졌을 때 감사함으로 내일을 맞이해야겠다.

집,
떠나고 싶다

내일을 위해 오늘을 침묵하며

바람, 소나비, 태풍까지도 다 참아낸 어두움 속에서

한줄기 빛으로 지탱해 온 그녀가

긴 여행에서 돌아왔다.

집,
떠나고 싶다

짐을 꾸려야지. 괜찮은 남자가 내게 선물한 국화꽃 향기 책 한 권과 따끈한 신문 한 편을 챙겨 넣고 언제나 그랬듯이 제천역의 신선함과 입맞춤하며 기차에 오른다. 온 육신을 기차 레일 리듬에 맞기며 쉼을 시작한다. 가만히 있어도 내게 달려오는 산과 물 또 무엇이 있을까? 아! 사람들…

그래 그들이 만들어놓은 삶의 터전 속에 내가 들어있다. 늘 꿈꾸는 바다가 기다린다는 설렘으로, 더 이상 갈 수 없는 땅 끝까지 가야지.

해운대역에서 오랜 시간 누군가를 기다리면서 그리움이란 홀륭한 숙제를 한다. 바다를 한 몸에 안을 수 있는 호텔 방에서 창문을 열어 젖힌다. 어두움은 어느새 바다도 검게 적셔 놓는다.

초인종 소리와 함께 빛바랜 바바리코트의 그녀는 오랜 추억을 가득 안고 나타났다. 엄지서부터 하나, 둘, 스무 번이나 세어본 기나긴 세월을 하룻밤만 지새우기는 너무도 짧은 밤이었다.

까까머리 애들을 마음 졸이게 했던 예쁜 단발머리 소녀는 이제 아름다움을 벗어 버린 채 삶의 무게를 이고 온 변신녀가 되어 있었다. 높이 달린 조명 불 아래에서 우아한 저녁식사를 마치고 낯선 남자들이 친절을 베푸는 커피숍에서 잔잔한 배경 음악을 깔고 드라마처럼 산 여주인공의 대사가 듣고 싶어진다.

비닐하우스에서 소꿉놀이처럼 살다가 불이 나, 집이 없어졌다. 어느새 눈물이 방울 되어 흐르고 불빛에 반짝이는 물기는 진주처럼 빛났다. 허허벌판에 코스모스와도 같은 여인에게 아직도 미소가 남아 있었다. 내일을 위해 오늘을 침묵하며 바람, 소낙비, 태풍까지도 다 참아낸 어두움 속에서 한줄기 빛으로 지탱해 온 그녀가 긴 여행에서 돌아왔다. 안개꽃에 장미를 심어 가슴 가득 안겨주며 색 촛불을 밝히고 이 밤이 다하도록 어여쁜 공주처럼 살게 해야지....

어느새 커튼 사이로 흰빛이 찾아들고 아침바다도 체조하느라 씩씩하게 달려온다. 밤새 달려온 그녀의 속눈썹은 하얗게 되었다. 그래 나의 소설 '하얀 새'에 이어 주인공으로 초대해야지 제목은 '하얀 눈썹'이라고…

매 맞은 이유

나는 밤새 실컷 얻어 맞았다. 한참 울다가 깨고 나면 현실이 아닌 꿈속에서 벌어지는 몽둥이 찜질이었다. 경상도에서 살았을 때 일이다.

형편에 맞춰 방을 얻다 보니 낮과 밤이 전혀 다른 신기한 동네에 적응하는 데는 긴 시간이 필요했다. 밤이면 파운데이션을 몇 겹씩 바른 언니는 분명 낮에 보았던 언니인데, 다른 사람처럼 변해 있었다. 빨간 불을 켜놓고 남자 손님들을 맞이하는 동네였다. 고등학생인 남동생이나 우리 아버지가 지나가도 "쉬었다 가세요" 라며 붙들던 그들에게 "우리 집 저기야"하면 잡았던 옷을 슬며시

놓곤 했었다.

스무 살 즈음에 딱히 직장도 없는 터라, 그저 성경책만 끼고 교회를 열심히 다녔을 때인데, 어느 날 지나가는 나를 어떤 이가 부르면서, 멀리서 왔는데 서울에 취직을 하려고 소개소에 갔더니 이곳으로 보내져서 지금은 식모를 하고 있지만 조금만 있으면 성 접대부를 해야 한다며 어떻게 하면 좋겠느냐고 말을 걸었다. 또 다른 두 사람도 나를 보며 포주가 소개비까지 떠안고, 밥값에 옷값, 화장품 등등으로 부채가 점차 늘어나 집으로 돌아갈 수 없는 막막함을 호소하였다.

나는 그 세 사람(서로 알지 못하는)에게 도망갈 수 있는 방법을 귓속말로 진지하게 알려주었다. 그리고 난 후 여름 날, 흰 구름 뭉게뭉게 피어오르는 여름성경학교 주제곡이 울려 퍼지는 교회로 한 여인이 나를 찾아온 것이다. 얼마인지 모르는 지폐 한 장을 쥐고 있는 손은 가늘게 떨고 있었다. 이를 맞이한 나도 숨이 막히듯 심장이 떨렸지만, 우선 널따란 양푼에 있는 밥을 덜어 먹으라고 내밀고 내 마음을 다잡았다.

이윽고 나는 앞장서서 뒤를 따라오라고 그녀에게 말한 후에, 큰 도로변 골목에 몸을 숨게 하였다. 그리고 내가 신호를 보내면 나오라고 일러두고 버스를 기다렸다. 기다리던 그 몇 분이 왜 그리도 길게 느껴지는지, 사시나무 떨 듯 심장이 조여 왔다. 콩나물시루 같은 시내버스가 오자, 등 뒤로 손가락을 내밀어 오라고 손짓을 하여 차를 타도록 했다.

포주들은 여관으로 언니들을 택시 태워 보내고, 전화로 출발했다는 여관에 알리고, 여관에서도 아침에 언니들이 출발하면 포주들에게 연락을 한다. 그렇기 때문에 점심때이면 이미 포주들은 터미널과 주요 기차역에 진을 치고 도망친 언니를 잡으려고 했다. 그래서 나는 언니에게 시내버스를 타고 큰 역을 지나 시골 역에서 내려 집을 찾아가라고 일러주었다. 그녀는 내게 편지하겠노라며 주소를 적어갔지만 수십 년이 지난 지금도 편지는 도착하지 못했다. 하지만 그녀는 나에게 마음의 편지를 띄웠으리라고 여기고 있다. 그녀 말고도 길에서 만난 두 여인은 "지금 네가 말해준대로 도망을 가는 길이다"라는 짧은 소식을 전해왔다.

그 일이 있은 후, 나는 날마다 꿈에서 깡패들에게 들켜 얻어 터지고 울다가 잠에서 깨어나는 고통을 오랫동안 겪어야만 했다. 내 손에 있는 성경을 보면서 나를 믿어주었던 그 언니들은 이제 할머니로 변했겠지만 어디서든 잘 살고 계시기를 기도한다.

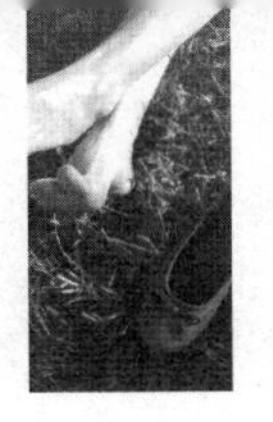

만추

초록빛 푸름과 함께 핀 꽃들을 맞이하며 원주시 한지 파크에 들어서자, 인형들이 마치 무대에서 연극이라도 하듯 각기 다른 모양새를 보여주고 있었다. 문에 바람을 막기 위해 쓰이던 한지의 변신이라는 또 다른 세계를 접하면서, 삐쩍 마른 몸매에 빗자루를 들고 서 있는 한 노인 앞에 섰다. 그렇게 예쁘거나 대단한 작품은 아니었지만 그냥 서서 바라보고 있었다. 그때 바로 옆에 계신분이 내게 말을 걸어오자 눈이 마주쳤다. 그분은 다름 아닌 내가 존경하는 삼촌이셨다. 서로 삶이 그러그러 했는지 10년 만에 만나게 된 것이다.

내 어린 시절에 공부도 가르쳐 주셨고, C.C.C. 기독교 단체에서 리더 역할도 해주셨던 분이시다. 예전에 삼촌은 춘천으로 발령을 받고 홀로 아파트에 사시면서 이웃이 없었다. 하지만 시루를 놓고 콩나물을 키워 이웃집집마다 "제가 직접 키운 콩나물입니다"라고 하며 공손하게 나누어 주었더니, 떠나 올 때는 많은 이웃들과 진한 이별을 했다는 일화를 나는 생생하게 기억하고 있었다.

이제는 공직에서 물러 나셔서 70세의 연세지만 아직도 정정하시고. 목소리에는 치악산이라도 울릴 만큼 젊음이 묻어났다. 어느 분야에도 막힘이 없으셨던 삼촌은 아직도 그대로 이시다.

삼촌은 "나는 늘 이곳에 오면 한지로 만든 이 노인을 만나고 가"라고 하시면서 "만추는 가을이잖아 그게 바로 저물어 가는 노인의 인생이야. 산에 나무는 손이 없어 정리를 못하고 떠나지만 우리 인간은 달라. 정리할 줄 알아야 해. '공수래공수거'라고 했지만 갈 때는 거저 가는 게 아니야. 인생을 정리할 줄 알아야 해. 내려놓을 줄도 알아야 하는 거야. 저 노인의 다리가 왜 긴지 알아? 오래 살았기 때문이야"라고 하셨다. 삼촌은 이곳에 종종 오셔서 만추의 노인과 인생을 논하시는 모양이다.

나는 가끔 내 인생을 그림으로 그리곤 한다. 태어나면서부터 지금까지 삶에 대한 그래프가 높으면 높은 데로, 낮으면 낮은 데로 인생은 맛이 다른 것이다. 어찌 인생이 가만히 서 있을 수 있겠는가! 마치 바다의 파도처럼 고요하게 잔잔할 때도 있지만, 때로는 성난 사자처럼 덤벼드는 것이다.

이제 앞으로 살아갈 내 인생을 설계하고 있다. 먼저 100가지 소원을 만들고 희망에 부풀기도 한다. 꿈을 이루지 못한 자가 불행한 게 아니라 애초에 꿈을 꾸지 않는 사람이 불행하다. 내가 꿈을 이루면 나는 누군가의 꿈이 되기 때문이다.

먼저 눈과 손이 이끌리는 대로 책을 약 500권은 읽고 싶다. 그리고 제주도에서 한 달간 머물며 그곳에 사는 사람들의 풍경을 가슴으로 모아들이는 일이다. 제주도가 아니라도 낯선 땅에 가서 내가 30년 넘게 살아온 제천이 참 편했었다는 것을 깨닫고 싶다.

나는 외출 형에서 가정 형으로 바뀌어 알량하게 살아왔지만 마당에 은행나무와 소나무도 심었고, 몇 가지 과일은 앞으로 수확할 수 있고, 채소와 꽃도 심어, 신이 인간에게 양식과 기쁨으로 선물한 자연 앞에 고개를 숙이는 것을 배우고자 한다.

밤새도록 느려터진 두뇌회전으로 안 써지는 글을 놓고 밤새도록 엎치락뒤치락 하며 담배는 피워 물지 않더라도 연신 종이를 구겨 던지는 어느 작가의 흉내를 내는, 밤을 낮으로 만드는 여자가 되고 싶다. 설거지를 산처럼 쌓아두고 머리는 산발이요, 눈꼽은 줄줄이 알사탕이 되어도, 나를 간섭하지 않는 시골집으로 이미 피신해서, 방에서 콕 처박혀 사는 방콕의 여자를 꿈꾼다.

나는 날마다 꿈을 디자인 하며 소소한 모든 것을 꿈 노트에 적어나간다. 만추의 노인처럼... 정리하는 인생이 되기 위해서...

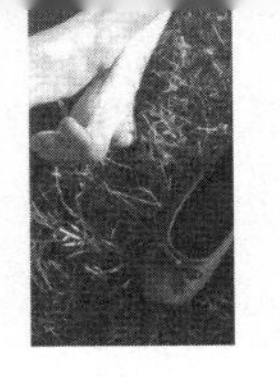

못 다한 숙제

태백산 열차는 한숨을 길게 내뿜으면서 나를 태우기 위해 제천역에서 정차했다. 정선에서 보따리와 함께 타신 어머니는 자신의 분신을 보기 위해 창문 안에서 일렁이는 모습이 보인다.

이윽고 기차는 다음 역으로 출발한다. 어머니는 5년 전 원주에서 단돈 8천원만 가지고 장사가 잘된다는 정선으로 혼자 가셨다. 정선역 근처 어느 점포 앞에서 노점을 열어, 기름에 갓 튀긴 노르스름한 핫도그를 파셨다. 새로운 먹거리는 인근 사람들은 물론 시골에서 장보러 오는 이들도 두 개만 먹으면 시장기를 해결할 수가 있어서 불티나게 팔렸다. 어머니는 핫도그뿐만 아니라 시뻘

건 떡볶이와 오뎅, 이 세 가지를 만들어 팔기 위해 혼자서 발을 동동 굴러야만 했다.

일 년쯤 지나자, 시장 안에 점포를 얻어 맛있는 찐빵을 만들기 위해 고심을 했지만 밀가루에 이스트를 넣고 부풀게 한다는 것은 쉬운 일이 아니었다. 그러나 어머니는 수없이 도전하여 맛있는 찐빵을 만드는데 성공하셨다. 객지 초년생이지만 가장 일찍 문을 열고 맨 나중에 문을 닫는 부지런함과 떡 한 개라도 더 주어야 한다는 속 깊은 인정 때문에 단골은 줄줄이 알사탕처럼 늘어갔다.

이렇게 사년쯤이 되자 맨 처음 노점을 했던 그 자리에 집을 살 수 있게 되었다. 역 광장 주변이면서 도로변에 있었고 살림집과 널따란 점포가 있어 아버지와 두 동생도 함께 살게 되었다.

'천 냥 백화점'이란 간판을 내걸면서 없는 것이 없을 정도로 별의별 물건을 다 들여 놓고 세 번째 업종이 시작되었다.

이렇게 원주를 떠나온 지 5년 만에 자식 먹이려고 "내일이나 모레 줄게"하고 외상으로 가져간 3천 5백 원 닭 값을 갚으려고 처음으로 가게 문을 닫고 외출을 하신 것이다.

내심 어머니와 무엇을 먹을까 입맛을 다시며 수많은 메뉴를 생각해보았지만, 어머니 입에서 자동으로 나올 말은 "팔자 편한 소리 하네"라고 하실 테고, 이참에 "옷을 한 벌 사드려"하니, 어머니의 입버릇처럼 "내가 얼마나 산다고…" 라는 거친 경상도 사투리가 떠올려진다.

"여기는 원주역입니다"라는 안내요원의 목소리는 나를 반기듯 유쾌하게 들려왔고, 나무계단을 오르고 내리는 것조차도 신이 나 어린 시절 고생도 희석할 수 있었다.

택시는 시장통을 바쁘게 질주하고 있었지만 어머니의 재촉은 더욱 심해졌다.

시장 안에는 색색의 과일들이 뽐을 내고 있었고 내가 좋아하는 호떡도 포장마차에서 군침을 돌게 했다. 배고프던 시절에 지겹게 먹던 산나물들도 반가움으로 눈맞춤했다.

어머니는 자판을 벌린 아주머니들 상대로 누군가를 찾으시기 위해 손짓발짓을 하며 온몸을 다해 열변을 토하셨다. 옆에서 보고만 있던 어느 아저씨는 "이름도 몰라요, 성도 몰라요, 서울 한복판에 가서 김 서방을 찾지유"하며 고함까지 친다. 핀잔이 여기저기서 쏟아지고 고개는 연신 도리질하며 비웃음도 가세했다.

노점이니, 파는 물건도 때에 따라 다르고 상인조차도 연신 바뀌는 상황에, 5년 전 닭 팔던 아주머니를 찾는다는 것은 내가 봐도 희박하다는 결론을 내버렸다.

한참이나 시장 시찰을 하고 나니 머리 위에 있었던 햇살도 어디론가 가버렸지만 찾겠다는 어머니의 신념은 무너지지 않은 채, 돌고 돌아 드디어 반가운 웃음소리와 함께 박수소리까지 터져 나왔다. 그 아주머니를 안다는 분을 만나면서 일의 실마리는 풀렸고, 깊이 감추어 둔 3천 5백 원을 꺼내 그 아주머니 손에 쥐어주며 전후사정을 털어놓고, 이해하고 용서해달라며 머리를 숙여 몇 번이고 사죄했다. 이토록 중대한 업무를 마치자 막차를 타기위해 서둘러야 했고 아침에 내렸던 기차역의 설렘과 달리 시장기와 피곤함에 아쉬움까지 버무려졌다.

하지만 어머니의 아직도 '못 다한 숙제'인 마지막 소원 하나가 남아있다. 1981년 막내 아들 대학 합격소식 기쁨 뒤에는 어머니의 가슴을 조이게 했던 일이 있었다. 학교 옆 자그마한 문방구에서 아무리 팔아도 큰돈을 만들기가 너무나 어려워서 고심 끝에 옆집 파출소장 부인에게 10만 원을 빌려서 막내아들이 선생님으로 향하는 교대에 입학하는 경사를 따냈다.

그 후 파출소장 댁은 온다간다 말도 없이 이사를 가버렸고 지금껏 소식이 없다. 어머니는 3만 원씩 계를 들어 100만 원을 만들고 그 돈을 쓰게 되면 다시 애써 모아서 번번이 자금 만들기를 하셨다. 그 당시 한 달치 월급과도 같았던 10만 원이란 큰돈에 비하면 아주 적은 금액이지만 "내가 죽기 전에 이 쪼그라든 손으로 그 부인의 손이라도 한번 잡고 정말 미안하고 고마웠노라고 백배 사죄해야 한다"라고 하시면서 '그 부인이 돌아가셨으면 어찌하나'라는 두려움이 어머니의 마음을 아프게 했다. 그럼 자녀들이라도 만나야지 하시며 고인 눈물과 함께 가슴팍을 두드려 대신다. 어머니와 나는 경찰서와 라디오를 통해 찾으려 했지만 이름도, 성도, 나이도 모르기 때문에 미결상태로 남아있다.

90세를 향해 가는 어머니의 얼굴의 주름과 흰머리는 천국으로 가실 날이 멀지 않았다는 경고의 메시지가 전달되고 있지만, 그 부인을 만나기 위한 꿈과 노래는 영원히 시들 수가 없다.

거꾸로 가기

완행열차를 타고 원주에서 출발해 처음으로 내 고향 영주로 가는 길이다. 마음이 먼저 달려가고 추억이 풍선처럼 부풀어 올라 있는데, 어느새 "여기는 영주역입니다"라는 안내방송이 나온다. 서둘러 출구를 나오니 영주역은 새로운 곳으로 이전이 되어 있었다.

구성공원 가학루에 누워서 달 보며, 별보며 소원을 말했던 적이 있었다. 학교가 가기 싫었던 날, 봉송대(정자)에 앉아 마음은 강물에 담그고 도시락으로 배를 채우고 복잡한 세상을 경험한 듯 '평양이 이렇게 생겼을 거야'라는 상상을 하곤 했다.

지금은 그 봉송대 아래 물이 한 방울도 없고, 집들만 수북이 불친절하게 서 있다. 겨우 초등학교 2학년짜리가 학교에 가지 않고 공원에 갈 수 있었던 그 기막힌 용기가 어떻게 내 안에 있었는지... 그 어린 시절을 기억하는 나는 이 땅에 서서, 그 옛날을 가져가버린, 무너진 추억 앞에서 시위하고 싶다. 옛날을 어쨌냐고 따지고 싶다.

학교 가는 길에, 책 보따리 안에 든 도시락은 뛰면 뛸수록 리듬합주처럼 큰소리를 내었다. 방과 후에 한참 놀다 지치면 집에서 손기계로 찍은 연탄을 머리에 이고 가서 전병공장 사장님과 협상해 과자로 바꾸어 파티를 하던 날에는 어느 나라 공주도 안 부러웠었다. 이것이 바로 교과서에서 배운 '물물교환의 형태였지 않나'하는 생각이 든다.

어머니는 호롱불을 켜고 양말을 꿰매고 장갑과 덧버선을 짜는 것을 일찍부터 가르쳐주셨다. 등잔 밑이 어둡다는 속담도 실감 나게 배웠고, 호롱불로 인해 불이 나서 불조심을 제대로 경험하기도 했다.

아홉 살쯤, 사촌 언니네 있을 때였다. 가물었는지 우물에 물이 바닥에만 남아서 그 물을 기르기 위해 최선을 다해 엎드리다가,

그대로 거꾸로 처박히고 말았다. 배추를 씻던 정자 언니는 나를 찾다가 우물 안에 거꾸로 선 나와 눈을 맞추고 놀라던 기억은 아직도 생생하다.

제삿날이면 아버지의 고향인 영주시 문수면 승문리로 가기위해 기차를 타고 갔다. 제사상에 오를 빨간 과자를 떠올리며 산등성이를 숨차게 달렸던 고갯길, 뻥 뚫린 도로가 편히 가라고 손짓하지만 굳이 옛길을 곱씹으며 땀을 짜고 있다. 믿음직스런 산, 변치 않는 나무, 여인 같은 보랏빛 들국화, 이름조차 알 수 없는 꽃들 사이로 졸졸거리는 고운 물을 들여다보며 가랑이 사이로 하늘은 물속에 앉아 있다.

툭 떨어진 도토리 한 개, 뜀박질 하는 메뚜기와 풀벌레도 예사롭지 않은 소중함... 생명 있는 푸른 전경들이 수십 번 옷을 갈아입었지만 오래 묵은 벗과 나누는 정담은 나를 위한 축하 퍼레이드였다.

꾸벅꾸벅 졸다 받아든 제사상에는 손바닥만한 송편은 세련미가 없지만 송편 안에는 후한 인심과 정이 빼곡히 차 있었다. 긴 겨울밤 모두 모여 화투로 밤을 하얗게 보내며 김치 도둑질 했던 그 아이들도 이제 어른이 되었다.

마당가에서 넘어지자 감자를 갈아 붙여주시던 외할머니 모습이 내가 태어난 곳에서 첫 기억이다. 뒷마당 감나무에서 긴 장대로 감을 따 주시던 외할아버지, 아직도 감만 보면 주홍색과 함께 외할아버지를 떠올린다.

그곳에 가려고 금빛 모래밭에 발을 디디면 고운 모래가 발바닥을 간질거리게 하며, 햇볕에 비춰진 물은 눈부시게 반짝거렸다. 가지고 간 보따리와 아랫도리를 벗어 머리에 이고 강을 건널 때면 내 목까지 차오르는 물 때문에 나는 두려움에 몸서리를 쳤다.

수십 년이 지난 지금, 그 아슬아슬 함이 멋처럼 변신해 추억을 캔다. 눈으로 재면 한 뼘 밖에 안 되는 강이 왜 그리도 멀었는지… 지금은 커다란 다리로 승용차가 폼나게 지나다니지만 나는 화가 치민다. 그때처럼 건너고 싶은 강이다.

'고향이 왜 좋은가'에 대해 몇 밤을 고민해보았다. 네가 보던 산, 내가 보았고, 네가 놀던 강, 나도 놀았기에 고향이 좋고 사람이 좋다. 오늘도 나 노래하리. 고향의 봄이라고…

새끼손가락

김동인의 소설 '발가락이 닮았다'에 나오는 주인공 M은 노총각이면서 가난하고 불안정한 회사의 월급쟁이인데다 방탕을 일삼고 성실하지 못하다. 돈 한 푼 생기면 먹는데 쓰거나 정욕을 불태우는 데 쓰는 사람이다. 주위에서 장가도 못가고, 자녀도 없이 외롭게 늙어 죽을 가련한 존재로 동정심을 받으며 살았지만, 어느 날 갑작스런 혼인 발표에 모두 놀라지 않을 수 없었다.

M은 아이를 낳을 수 있는 생식기능이 원활하지 못한데, 부인은 임신을 하고 아이를 낳는다. 그 아이가 M을 닮을 리가 없었지만 아이의 긴 가운데 발가락을 펴 보이며 자신의 발가락과 닮

았다고 했다.

우리 집에도 이상한 이변이 생겼다. 정갈하시면서도 무뚝뚝하신 시어머니는 막내아들과 살면서 손녀딸에게는 지극 정성을 쏟으셨다. 어느 날 두 살 된 내 딸아이의 새끼손가락이 안으로 고부라진 것을 보신 어머니는 퇴근한 나에게 손을 내밀라며 하시더니 연신 고개를 갸우뚱 하시는 게 아닌가! 내 손가락이야 짧기는 하지만 고부라지지는 않았다. 그날 이후부터 자신의 핏줄은 관계치 않으시고 나의 부모님과 동생들 손까지 점검 하셨다.

딸아이는 커가면서 아빠의 갸름한 얼굴로 변했지만, 그때는 동그란 얼굴에 쌍꺼풀까지 나를 쏙 빼닮고, 아빠와 하나도 닮은 데가 없었던 것 같다.

애국가가 나와야 주무시는 건강한 시어머니는, 어느 날 밤 시아버님이 나타나서 다쓰러져 가는 집에 데리고 들어가는 꿈을 꾸신 이후로 아프시더니 결국 돌아가셨다. 그래서 새끼손가락 사건도 미궁에 빠지게 되었다.

하지만 어느 날, 새끼손가락의 원조는 아이의 아빠라는 사실을 알게 되었다. 고부라진 부녀의 두 손가락을 펴놓으니, 어찌 그리도 똑같은지... 순간 궁금증이 풀렸다.

"어머니, 당신 아들 새끼손가락이 고부라졌어요. 아시겠어요. 등잔 밑이 어둡다더니… 제가 어머니께 편지라도 쓸까요? 아니면 스마트폰으로 찍어서라도 하늘나라로 보낼까요?"

봉숭아 연정

'김영희' 어린 시절, 동네 아니면 학교 어디에서라도 쉽게 만날 수 있었던 이름이다. '밤새 훌쩍 크는 아이들' 저자 김영희 씨를 한번도 만난 적은 없지만, 늘 궁금하던 차에 독일에서 찍혀온 화면으로 첫 대면을 하게 되었다. 한국도 아닌 독일 아무데서나 젖을 꺼내놓고 먹이는 그 엄마를 그때부터 좋아했다. 모험심이 강하고 얼굴이 좀 두꺼운 체질인 나는 그녀의 삶에 대고 박수를 치기 시작했다.

어느 날 신문기사에 기재된 김영희 씨의 친정 집주소가 우리 집주소와 아주 흡사하다는 걸 알고 나서, 뒤늦게 낳은 아이를 업고 바람을 쏘이는 날이면 동네 여러 대문을 서성이며 기웃거렸다. 마치 아이를 업고 셋방을 구하러 다니시던 어머니처럼 말이다.

김영희 씨의 친정집은 바로 우리 옆집 뒤에 있는 집이었다. 앞치마를 두르고 김이 모락모락 나는 옥수수라도 삶아 오가며 나눠먹을 만한 가까운 이웃이었다. 빨간 기와집에 잘 키운 등나무를 보면서 숨겨둔 님을 엿보기라도 하듯 그녀에 대한 상상의 나래를 펴고 있는 것은, '아이를 잘 만드는 여자' 김영희 씨에 대한 호기심이 만들어낸 자극이었을까?

그녀가 제천에서 미술교사를 할 때 남편이 죽었다. 남편의 상여가 나갈 때 남편이 좋아했던 "울밑에선 봉선화야 내 모습이 처량하다"라는 노래 소리가 울려 퍼졌다고 한다. 아이한테 아빠는 미국에 갔다고 달래는 그녀의 처절함은 누구의 가슴이라도 울렸을 것이다.

그녀는 세 아이를 독일로 데려가 14살 연하의 남성과 결혼해 두 아이를 낳아 다섯 아이를 키우는 엄마이자 닥종이 인형작가다. 오랜 세월동안 한국전통에 길들여 있었지만 언어와 문화가 다른 자유분방한 서구사회에서 고향인 제천과 고국을 그리워하면서 가슴앓이를 한 한국여성이다. 용기와 모험 그리고 인내를 가마솥에 넣고 극성이란 불을 지펴 만든 향내가 그녀에게 묻어 나는 것 같다.

일과 사랑과 싸우면서 곰실곰실 피어오른 행복을 찾는 그녀를 지난 여름에 처음 대면했지만 오랫동안 알고 지내온 사이처럼 느껴졌다. 딸 유진에게 나를 가리키며 "한국여성은 부지런하고 열심히 살고 있어"라고 말해주는 그녀는, 자신 속에 있는 한국을 설명하기에 분주했다.

그녀는 작은 슬픔에도 중독되는 내 삶에 대해 부끄러움이란 것을 선물했다. 나는 그녀가 또 궁금해짐은 왜일까?

의림지에서 생긴 일

1998년, 길을 가다가 우연히 무리를 지어 다니며 알아듣지 못하는 말로 웅성대는 사람들을 본적이 있다. 호기심 많은 내가 그냥 있을 수 없어서 감초처럼 끼어들어 상황파악에 들어갔다.

여덟 명의 일본인들이 54년 만에 고향을 찾아온 것이다. 광복이 되어 떠났던 1살, 4살, 10살인 아이들이 어른이 되어 왔고, 그 당시 학교 선생님이나 장사를 했던 부모님의 고향에 찾아온 것이다. 그들이 살던 집과 학교, 과수원, 장사하던 곳의 흔적을 찾기 위해 10살 때의 기억으로 약도를 그려 가지고 온 것이다

약도를 바탕으로 전화국 옥상에 올라가 서 보기도 하고, 아직

그대로 남아있는 동산에 올라가고, 지금은 모두 다른 건물이 들어서 있지만 우체국과 군청 그리고 옛 학교를 어렴풋이나마 기억할 수 있었고, 살던 집이나 비단 가게 흔적은 세월이 그냥 놔두지 않았기 때문에 지레 짐작할 정도였다.

그들은 소학교(동명초등학교) 다닌 친구들을 찾고 싶다는 간청을 했다. 길 가는 어르신들을 세워 "그 옛날 일본 학교 다니셨습니까?"라고 물어보고 경로당과 노인대학에 가서 마이크를 잡고 물어보았지만 번번이 실패하다가 일본학교를 다니셨던 두 분을 드디어 찾게 되었다.

식당에서 그들이 나누는 옛날이야기는 진지하게 오갔으나, 알아듣지 못하는 나는 그저 수저만 오르내리고 있었다. 그들의 부모님들은 "살아생전 내 고향 제천에 한번 가는 것이 평생소원이다"라고 유언처럼 말했지만, 이루지 못하고 돌아가셨다고 한다. 아직도 살아계신 선생님들은 제자들의 이름을 외우며 보고 싶다며 제천을 그리워하신다는 거였다.

식사를 마치고 과수원이 있었던 고암교회를 둘러보고 의림지에 다다르자, 그 당시 10살이었던 한 어른은 경호루 기둥을 껴안고 "다 변했는데 너는 변하지 않고 나를 기다려주었구나"라고 하며 눈물을 흘렸다. 의림지를 둘러서서 손을 잡고 그 시절 제천에서 배운 동요인 “저녁 산사에서 종소리가 울리면 아이들은 집으로 돌아간다”는 일본노래를 부르고 떠났다.

어느 노선생님이 제천에 있는 제자들이 보고 싶다며 제자 세 분을 초청해 일본에 다녀가게 하셨다. 내게는 일본 대대로 내려오는 과자를 택배로 보내면서 “호의에 감사하다”라고 했다. 그리고 후대들에게도 꼭 전달해달라며 편지를 보내왔다. 그들은 제천을 떠나 가고시마 교토에서 모여 살면서 늘 제천과 의림지 이야기를 하며 그리워했다고 한다. 그들의 자녀들은 살아생전 부모님을 모시고 오지 못한 것에 대해 한이 맺힌다고 했다.

이런 일이 있은 후에 제천농고 초대 교장선생님의 아들과 제천을 다녀간 일본인들이 60년 만에 동창회를 했다는 소식도 들려지고 있었다. 제천에 살았던 이야기를 자서전에서 언급한 어떤 분은 이제 고인이 되셨다고 한다. 또 일본에서 온 어느 선생님은 결혼을 하자마자 제천으로 왔고 부인이 뒤늦게 제천으로 왔다고 한다. 하지만 그 선생님은 군인으로 징집되어 가게 되자, 제자인 학생에게 부인을 보살펴 달라고 부탁하고 떠났다. 그 후 부인과 함께 일본으로 돌아갈 수 있었던 선생님은 그 고마운 제자를 찾고 싶어 무수히 애를 썼지만 찾지 못하자, 아들이 한국어를 배워 직장까지 옮겨가며 제천에 와서 찾았지만 결국 못 찾았다는 눈물어린 사연들도 있다. 그 이후 몇 번이고 그들을 일본에서 만나 제천 고향이야기를 들으려고 시도 했지만 매번 실패하고 말았다.

"과거는 용서해도 잊지는 말아야 한다"는 이야기가 있지만 제천을 고향으로 그리워했던 그들의 마음만큼은 깊이 이해하고 싶다. '고향은 참 좋은 곳이다'라는 것이 다시 한번 깨달아진다. 의림지는 일본인이 아니더라도 우리에게 있어서 그림자처럼 따라다니는 안식처이기에 고이 간직해야 한다는 것을 후대에게 전달하고 싶다.

밥 주세요

고속도로에서 내리자, 찬 기운이 마중하고 있었다. 예배당을 중심으로 동네는 무척이나 평화스러웠다. 나의 첫 발령지인 그곳에서 모든 것이 새로운 출발을 예고하고 있었다.

집집마다 구름처럼 풍겨나는 저녁연기를 보아서는 불을 때는 마을임을 눈치챌 수 있었다. 나도 별수 없이 아궁이에 불을 때는 연습을 하며 울어대면, 이웃집 아낙들이 흥미롭다는 듯이 큰 웃음소리를 내며 "하루아침에 되는 감, 선생님들한테 배워야지"라고 하였다.

얼어 때는 땔감도 하루 이틀이지, 더 이상 염치가 없어서 드디어 손수레를 빌려 산으로 올라갔다. 도시에서 보낸 내 유년시절에 동화책에서 보았던 나무꾼 행세를 하며 작은 나뭇가지를 땔감으로 삼으며 유창하게 '고향의 봄'을 불렀다. 무명가수의 노래는 산속을 울리며 다시 메아리 되어 돌아오고 산새도 같이 울었다. 가져간 점심을 따스한 햇살을 머리에 이고 황금비단 위에서 먹고 나니, 너무나 행복하였다. 저녁노을을 뒤로하고 돌아오는 길에 무거운 손수레 때문에 무던히도 애를 써야 했다. 나의 업적이요, 인내심이요, 수확의 기쁨인 땔감들로 불을 지피기엔 너무나 아깝다는 생각이 들었다.

동네에선 처녀 나무꾼이 생겼다고 소문이 돌기 시작했고, 나무꾼은 어느새 새끼를 치기 시작해 우리 우체국의 최 양, 초등학교 이 선생도 처녀 나무꾼이 되려고 수레를 빌리기 시작했다.

이렇게 땔감을 하고 나니 정월 보름이 되었다. 우체국에 발령을 받은 지도 얼마 되지 않아 집에 가기도 그렇고, 갈만한 곳도 없는 터라, 박으로 만든 바가지를 준비해 나보다 나이어린 최 양과 함께 밥을 얻으러 동네로 들어섰다.

제법 커다란 집을 선별해 큰기침을 한 번 하고 높은 음정으로 "밥 좀 주세요"라고 외치자, 대 식구가 사는지 여러 방에서 죄다

고개를 내밀고 위아래로 훑어보는 모습이 마치 낯선 나라에서 온 이방인을 구경하는 것 같았다.

"거, 누구시오?" "네, 저는 우체국에 새로 발령받은 우 양이라고 합니다"하고 미소와 함께 공손히 엎드리자, "아, 소문 들었소"라고 하며 오곡밥에다 나물까지 후하게 담아주셨다. 대문도, 담도 없으니 부엌문이 잠길 턱이 없고, 빈집에 가서 가마솥 뚜껑 열고 밥 한 그릇 퍼오고 오곡밥이 없는 집에 가서는 오곡밥 한 그릇을 담아 부뚜막에 올려놓았다. 여러 집에서 얻고 훔친 밥과 나물을 네 바가지에 담을 수 있었다. 그 중 세 바가지를 면온 초등학교 숙직실에 밀어 넣자 다들 놀라며 폭소를 터뜨렸다. 나머지 한 바가지를 가지고 집배원들이 돌아오기를 기다렸다가 저녁만찬을 가졌다.

이런 '밥 파문' 사건과 함께 '괴짜 처녀'라는 간판도 얻게 되었다. 그래서 소풍, 운동회, 마을체육대회 등에 나를 불러주었다. 하지만 모를 심을 때면 도와준다며 논에 들어가 모를 심었지만 옆 사람들과 속도를 맞추지 못해 일을 못한다고 잔소리를 들어야만 했다. 민물고기 잡아놓고 깻잎 싸서 먹는 법을 가르쳐 주었고, 개구리 잡아놓고 나에게 먹어보라고 자석식 전화기를 울려대던 시골 사람들…

이제 머리를 볶고, 허리가 굵어지고, 아이가 셋이나 되는 아줌마는 푼수데기가 되었다. 하지만 여전히 마을에서는 이십대 우 양으로, 괴짜로 남아 옛날이야기처럼 전해져오고 있다.

첫눈을 맞으며 새해에도 평창군 봉평면 면온리 마을에 풍년이 들기 손깍지를 끼고 머리를 조아린다.

볶은 콩가루와 안 볶은 콩가루

아침이면 우리 집 수탉은 벼락같은 울음소리로 밥을 하라고 호통 친다. 눈 비비며 금방 낳은 알을 꺼내 볼에 대고 부엌으로 들어설 때면 어릴 때 닭들과 함께 보낸 추억이 떠오른다.

어느새 최신식 전기밥솥은 어제 저녁 명령에 복종하느라 밥이 다되었다는 시늉을 한다. 뚜껑을 열고 보니 "게으른 여편네야"라고 콩으로 수놓인 밥은 소리치고, 부지런함을 뽐내듯 "김"은 만세를 부른다. 냉장고 문을 여니 차가운 기운에 문득 "깨어 있으라"는 성경말씀이 떠오른다.

'김칫국을 끓일까? 뭇국? 아니야 아들 녀석 좋아하는 청국장을 끓일까?' 여러 가지를 떠올려 본다. '그래, 오늘은 북어를 참기름에 달달 볶아 감잣국을 끓여서, 뜨거운 국을 먹고 시원하다는 남편의 거짓말을 지켜봐야겠다.'

우리나라 음식 중에 빼놓을 수 없이 것은 국이다. 숫자를 헤아릴 수 없을 정도로 수많은 국 종류를 가지고 있는 것은 세계 어느 나라에도 없는 일일 것이다. 작은 재료에 물만 부우면 여러 명이 먹을 수 있어서, 국은 어김없이 식탁에 올라와 있다.

배추김치, 총각김치, 깻잎, 무장아찌, 고추튀김 등, 한상을 차리고 나니 '이건 내가 차린 상이 아니라 어머님이 차리신 상이야' 라는 생각이 들었다.

어느 날, 먼 길을 한숨에 달려오신 친정어머니는 우리들이 잠에서 깨기도 전에 대문을 두드리셨다. 마루에 올라서자마자, "니 줄라꼬 농사지었데이" 라고 말씀하시는 경상도 사투리는 몇십 년이 지나도 변할 줄 모른다. 하모니카를 불듯이 옥수수를 물고 있는 외손자를 바라보시는 어머니는 얼굴의 주름이 더 깊어질 정도로 즐거운 표정을 지으셨다.

부잣집 딸로 태어난 어머니는 농사일은 일꾼들 몫이어서 구경하는 정도였다. 이제 내년이면 칠순을 바라보는 나이지만 밭 하나 얻어 어깨너머로 보았던 밭일을 되새기며 뒤늦은 농사꾼이 되셨다.

우리 식구들이 가면 무엇이라도 내 놓으시며 "우리는 매일 먹는다"라고 하시며 실컷 먹으라고 하신다. 때로는 딸기를 심어놓고 자식들 오면 주려고 기다리다 먹을 때를 놓쳐버려 한없이 안타까워 하신 적도 있었다.

밭에 듬성듬성 심어놓은 옥수수도 목이 잘리고, 아끼고 아끼던 닭 한 마리도, 모아두었던 나무토막들까지도 마당 한구석 솥단지로 모두 출동한다. 어머니의 소중한 것들을 보면서 고마움 보다는 미안한 마음에 코끝이 시큰해진다. 콩, 버섯, 고추, 깻잎, 고구마, 감자 등 셀 수 없을 만큼 여러 가지를 심어놓고 가꾸는 밭은 어머니의 안식처요, 고향이다. 수확이 있는 날은 어려운 이웃들을 불러놓고 정담과 함께 추억잔치가 열리는 날이다.

나물은 삶아 냉동실에 얼리고, 표고버섯은 말리고, 호박은 더 크기 전에 따고, 풋고추와 빨간 고추 골고루 따서 마음에 담아두었던 이들에게 아침이나 저녁시간을 이용해 여러 보따리를 가지고 대문을 두드리신다. 나누는 어머니 얼굴엔 받는 이보다 큰 기쁨이 배어있다.

하나 밖에 없는 딸인 나는 아직도 고추장과 된장이 없으면 달려가고, 겨울 김장까지 기대는 처지다. "온천에라도 한번 다녀오세요"라고 하면 "얘야, 밭도 매야 하고 숨 가쁘게 바쁘다"라고 푸념만 하신다.

전화요금 아까운 것도 어느새 잊으셨는지 수화기 속에서 커다란 목소리로 "배추도 있고, 뭐도 있고 하니, 빨리 와서 가져가라"고 성화를 하시지만, 철없는 자식들은 대충 들어 넘길 때가 많다.

"겨울감기엔 화초호박이 좋다고 하더라. 익으면 또 갖다 주마"라고 하시고 돌아서는 어머니는 어두움 속에서도 빛을 발한다. 고추, 콩, 호박죽, 팥죽 등을 냉동실에서 추위를 떨게 하고, 호박 달인 보약도 때마다 가위질 한다. 고춧가루부터 콩가루까지 준비해 놓으시고 그것도 모자라, 안 볶은 콩가루, 볶은 콩가루를 옛날 글씨로 종이에 써서 붙여 놓으시고 나를 부자로 만드신다.

쑥버무리 도시락을 품에 안고 교실까지 달려와 나를 황당케 하셨고 겨울이면 만두를 정선에서 소화물로 보내시던 우리 어머니의 성화는 세월이 가도 때 타는 줄 모른다.

어머니의 항아리는 비어있어도 자식의 항아리를 채우고 넘쳐도 늘 부족하다고 생각하는 어머니의 마음을 언제나 헤아려 볼 수 있을까? 부유했던 유년시절의 환상은 모두 지워버린 채 가난하고 부족하여도, 늘 감사하시는 어머니의 모습을 가장 큰 유산으로 받고 싶다. 후일 어머니께 소금, 설탕, 밀가루라고 크게 써 붙어 놓고 빚이라도 갚아야지…

식은 찻잔

가을은 내 친구 춘희가 더욱 생각나는 계절이다. 단풍 옷으로 갈아입은 거리를 솜사탕을 들고 누비면서 낙엽이 굴러가는 것을 보고 “너 거기 가만히 있어”라고 명령하던 친구와 나는 마음의 시인이었다.

직장 생활로 친구와 얼마간 떨어져 있을 때에는 책갈피에 곱게 말려놓았던 나뭇잎을 편지와 함께 보내곤 했었다. 아직도 보관중인 그 빛바랜 나뭇잎을 보면 추억에 잠기게 된다.

고무줄을 기둥에 매달아 놓고 고무줄놀이를 하고 있으면 어디선가 남자애들이 나타나 칼로 고무줄을 끊고 도망 가버렸다. 우리는 뒤쫓아 가지만 허탕치고 돌아와 속상해서 울곤 하였다. 땅따먹기를 하다가 한바탕 싸우고 나서, 언제 그랬냐는 듯이 황금 들녘에 나가, 메뚜기를 잡아다 구워 먹는데, 어찌나 맛있었던지 입가에 숯검정이 새카맣게 묻곤 하였다.

"찻잔을 놓고 껌팔이 하던 영희가 여군 장교가 되었어, 경자는 부잣집으로 시집 가더니 동창모임에서 점심을 샀다. 그리고 술꽤나 드시던 딸기코 선생님은 목사님이 되셨다"라고 말해주면 여드름 자국과 함께 일그러질 춘희의 얼굴을 생각하니 한바탕 웃음이 나올 것 같다.

별도, 달도 놀러 나오지 않은 까만 밤을 혼자 헤아리며, 무력함을 느끼고 있다. 어떤 작가는 이렇게 깊은 밤이라도 대문을 두드리면, 반갑게 맞아줄 친구만 있다면 성공한 삶이라고 말했다. 하지만 춘희야, 너는 먼 나라로 가고 없기에 내 꿈은 만신창이가 되어 허황됨을 실감하게 된다.

나는 오늘도 고독이란 숙제를 다 할 수 없음을 깨달으며, 이 밤도 너를 그리워하다 보니, 내 앞에 식은 찻잔이 있구나...

우리 세탁소에 가자

밭을 매고 과수농사를 짓는 한 처녀에게 어느 날 청혼이 들어왔다. 처녀네 가정은 형편이 어려워 가고 싶은 고등학교도 못가고 일찍부터 농사일에 매달렸다. 얼굴은 검게 그을렸고, 파마를 한 적도 없는 머리는 검은 고무줄로 동여매고, 유행하는 패션 감각도 몰랐으며, 골라 신을 구두도 없었다.

이 처녀에게 청혼한 남자는 다름 아닌 서울대 법대를 나온 유능한 청년이었다. 남자 쪽 집안을 보니 경제적인 여유까지 있어 딸자식 가리지 않고 대학까지 공부시킨 꽤 괜찮은 집안이었다. 처음엔 여자 집에서 상대가 엇비슷해야 한다며 지레 겁을 먹고 반대 했지만 그 청년의 진실을 믿게 되자 결혼을 허락하게 되었다.

10년이 지난 후, 두 자녀를 둔 부모가 되었다. 아이들이 공부하다 엄마에게 도와달라고 질문하면 남편은 "엄마는 너희 낳느라 고생해서 학교에서 공부한 것을 다 잊어버렸어"라고 하며 엄마의 자리를 대신해주었다. 어느 한 순간도 아내에게 유식해 보이거나 교만한 모습을 보인 적도 없고, 아내의 인격을 존중하며, 음악회나 각종 문화행사에 동행해서 아내의 안목을 넓혀 주려는 진실한 남편이었다. 최고의 학부를 나온 남자는 주위에 시집을 오기 원하는 신부들이 열쇠꾸러미를 들고 줄을 섰을 테지만 순수함을 원했던 것이다.

"학문이란 사람이 사람답게 살아가는 이치를 배우는 것이다"라고 했지만 이제는 학문은 출세하기 위한 수단이고 열쇠꾸러미를 준비하기 위한 몸부림으로 변해가고 있다.

인간보다 앞에 가려진 물질 앞에 무릎을 꿇는 비열함을 상상해본다. 더러워진 돈 때문에 부모가 멸시당하고, 스승을 존경하는 마음이 사라지고 있다. 전통적인 가치관이 흔들리는 현실에서, 다시 순수함을 찾기 위해 우리의 몸과 마음은 세탁소에라도 다녀와야 될 것 같다.

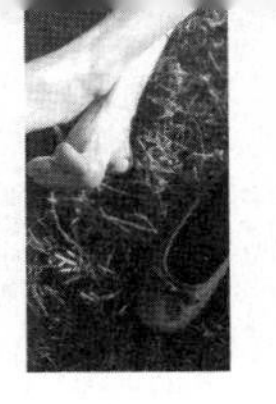

우리도
강을 건넙시다

영국에서 있었던 일이다. 엄마가 아이를 학교에 입학시키면서 "앞으로 12년 동안 맡길 텐데 행복하게 해 줄 수 있습니까?"라는 질문을 하자, 교장 선생님께서 "행복하게 할 수 있는지는 몰라도 앞으로 50년 동안 우울증에 안 걸릴 것은 분명합니다"라고 장담했다. 그 학교에서는 세 가지의 예술 활동과 세 종목의 운동을 반드시 가르치고 있었다. 운동을 하면 불안 지수가 줄어든다.

우리나라 서울 덕수 초등학교에서, 교장 선생님이 아이들이 한강을 건너게 한 사건으로 한때는 시끄러웠지만, 결국은 그 일을 성사시켰고, 1994년 6월 25일에 시작해서 2013년까지, 19년 동안이나 한강을 건너게 하였다.

덕수 초등학교는 일찍부터 수영장이 있어 수영을 수업에 포함시키고 있었다. 살아가면서 힘겨운 날이 오더라도 한강을 수영해서 건넜던 용기로, 고난을 헤쳐 나가는 능력을 배양할 수 있을 것이다.

하지만 우리나라의 교육현실은 국어, 영어, 수학에 지나치게 얽매어 있어서 아이들이 하고 싶은 일에 대한 꿈이 사라지고 있다. 대통령이나 장관이 바뀌면 입시제도도 새롭게 달라지지만 근본적인 문제는 아직 해결이 되고 있지 않다. 공부만 잘하면 훌륭한 사람이 될 수 있다는 사회적인 병폐가 아직도 만연해 있다.

제 1 시대는 농경시대요, 제 2 시대는 산업시대요, 지금은 지식과 정보화 시대라고 하지만 다음은 인체공학시대라고 한다.

이러한 변화의 물결 속에서, 예측할 수 없는 미 개봉된 편지 봉투와도 같은 미래에는, 아이들의 소질과 꿈을 개발해 주는 교육이 있어야 한다. 사회적인 현실에 의해서도, 가정에서도 공부를 잘 해야 좋은 학교에 가고, 좋은 직장에 취업을 하고, 좋은 결혼을 할 수 있다는 것을 강조한다.

결혼을 앞둔 젊은이들은 도대체 누구와 결혼을 한다는 걸까?

내면에 있는 알맹이는 아랑곳하지 않고 외모로 잘 포장된 상품을 고르고 있다. 요즈음 아이들이 바쁘게 움직이는 것이 있다면 두 눈동자와 손가락 정도이다. 요즘 부모들은 자신의 아이보다 공부 못하고 빈약한 환경에 처한 아이들과 가까이 하지 못하게 하는 사례도 종종 볼 수 있다.

우리나라 수재들이 외국에서 경쟁할 때도 체력에서 밀린다고 한다. 나는 요즘 '무궁화 꽃이 피었습니다'라는 옛 놀이가 생각난다. 재미나게 놀면서 체력 단련했던 옛날 놀이들이다.

웃기떡과
웃국

사용하지 않아 죽어가고 있는 말이 있다. 떡은 먹을 것이 귀했던 시절, 집안이나 마을에서 특별한 날에 허기진 배를 채웠고, 경상도에서는 새색시가 시집 올 때 얼마나 많은 떡을 지고 오느냐에 따라 처갓집 형편을 저울질했다. 이때 떡의 모양보다 양에 대한 관심이 더 컸다.

살기가 좋아지면서 떡을 대하는 입장도 달라져 맛과 영양 그리고 모양새에 더 치중하는 시대에 살고 있어서, 떡 전문가들도 명성을 얻고 있다. 모양을 낸 떡을 웃기떡이라고 한다.

또 웃국은 간장 따위에서 나오는 진액을 말하고 있지만, 수없이 간장을 담가오면서 진액을 표현할 필요가 없었는지, 아니면 언어를 알지 못해서 사용하지 않는지, 알 수 없지만 이래저래 우리가 지금 쓰는 말이 아니다.

"우리나라에는 수많은 잡곡들이 있는데, 그중에 대다수를 잘 보존하지 못하였다. 그래서 사람들은 처음 보는 우리 전통의 잡곡을 '수입산'이라고 하고, 전통 잡곡을 되살려 선보이면 '새품종'을 개발했다고 오해를 한다"라는 소식을 전해들을 수 있었다.

웃기떡과 웃국 같은 순수 우리말이 죽어가고 있듯이, 우리의 많은 것을 잃어버리고 있는 것이다. 경제와 문화가 발달함에 따라 지식과 정보가 풍성해지면서 잃어버리는 것은, 바로 우리의 마음인 내면일 것이다.

어느 날 어르신들에게 흰 종이를 한 장씩 드리면서 그 종이에다 손을 올려놓고 다섯 손가락을 그리라고 했다. 다 그리고 나서 손가락에 예쁘고 값비싼 반지를 그리라는 과제를 드렸다.

어르신들의 손가락이 구부러지거나 툭 불어난 관절 모양이 다 나타난 그림 위에 나름대로 반지들을 구상해 그리셨다. 그 다음으로 그린 다섯 개의 반지를 누구에게 줄 것인가 생각하시라고 했더니, '줄 사람은 많은데 어떡하지'라며 고민하시는 모습이 역력

했다. 드디어 발표 시간이 되자, "제일 비싼 최고의 반지는 뭐니 뭐니 해도 장남이었고 다음은 큰 손자, 이어서 며느리다"라며 기뻐하셨다.

며느리에게 주는 게 아들에게 주는 거나 마찬가지라고 말씀하시는가 하면, 어느 어르신은 잘사는 딸과 반지 해주는 딸들을 제쳐놓고 아직도 살기가 어려워 마음이 안 놓이는 딸에게 준다며 흐뭇해 하셨다.

교직에서 퇴직하신 어느 남자 어르신은 자녀들을 선별하여 자신 있게 반지를 멋지게 그리자 옆에 있던 부인은 작은 소리로 "내 반지는 없네"하며(실망스러운듯이) 말끝을 흐렸다. 이 광경을 보게 된 남편은 과제에 없었던 팔찌를 종이에 멋지게 그렸고, 이를 보고 있던 부인은 "팔지가 없어서 하나 갖고 싶었는데…"하면서 좋아하자, 남편은 "정말이야?"하며 "하나 사줄게"하며 크게 웃었다. 그 다음 주 부인의 팔뚝에는 빛나는 팔찌가 웃고 있었다.

웃기떡과 웃국처럼 잊고 살아가고 있는 것이 없는지, 잘 살펴보아야 하겠다.

잠깐 쉬어라

주5일근무제(週五日勤務制)주에 따라 사회적 변화가 일어나고 있다. 나도 오랫동안 직장생활을 하다 보니 여행을 간다거나 좋아하는 뮤지컬과 연극을 보는 시간을 충분히 가질 수가 없었다. 그래서 주5일근무제가 부러운데, 주4일근무제는 어떻겠냐는 여론 보도까지 나오고 있다.

때로는 한 주에 하루 있는 휴일에 일직 근무라도 걸리면 화딱지가 났던 게 내 솔직한 심정이다. 세상이 좋아지다 보니 월급에서 한 푼도 떼지 않고 하루 온종일 '자유하라'고 하고, 또 대체휴일까지 준다니 춤이라도 출 요량이다.

주5일근무제가 도입되면서 서비스업체들의 새로운 사업구상에 열을 올리고 지자체는 '어떻게 하면 많은 이들을 불러와 묵어가게 할까'라는 궁리로 입맛을 다시고 있다.

하지만 여전히 술과 화투에다 요란한 춤으로 마무리 되는 놀이문화가 바뀌기 위해서는 남녀노소가 함께할 대안 프로그램이 필요하다. 또한 후하게 먹고 마구 버리는 쓰레기 문제가 해결되지 않는다면 환경오염의 심각성은 비켜갈 수가 없을 것이다.

휴일은 있으되 생산성을 높여야 하는 현실에서 B급 기술자에게 A급 임금을 주어도 일할 사람이 적다는 게 생산관계자들의 말이다. 외국근로자를 채용하고 물건 값이 싼 나라에서 수입을 하거나 제품을 만들어 오는 일들로 인해 실업사태는 점차 늘어나고 있는 현실에서 준비되지 않는 휴일 문화가 무슨 의미가 있을까?

우선 의식을 바꾸기 위해서는 교육의 중요성과 전문성을 높여 재사회화를 해야 한다. 아이들과 함께 도서관을 찾는 아빠들과 음악 공부하러 서울로 다니는 직장인에게 아름다움을 느낀다. 또 봉사활동으로 사회의 어두운 곳을 밝히며, 가족단위로, 직장인들이 양로원을 찾는다면 망망대해에 불빛은 등대가 될 수 있다는 희망을 가질 수 있다.

유희라는 뜻은 언뜻 '논다'라고 인식 할 수 있지만 본래 인간의 창조성을 의미한다. 성경에 보면 예수님이 제자들에게 "잠깐 쉬어라"고 말씀하시는 대목이 있다. 제자들이 얼마나 고단했으면 잠깐이라도 쉬라고 하셨을까?

쉼은 지나온 일들의 마무리이며 또 가야하는 일정을 계획하고 준비하는 것이다. 우리에게 부여된 휴일 문화를 제대로 준비한다면 개인과 사회에 어떤 영향을 끼치게 될 것인지 사뭇 기대가 된다.

기차
여행

기차 안의 모든 사람들에게 자주 만난 사람처럼

괜스레 말을 걸고 정선사람이라며 경상도 사투리를 섞어 대면

정말 그럴듯할 것이다. 화암동굴이 어떻고…

가랑왕산 계곡은 발이 시릴 정도로 차갑고…

묻지도 않는데 손님인 내가

주인행세를 하는 것이다.

기차 여행

달력에서 오늘이 2일이라고 일러준다. 장날이다. 숨을 헐떡거리며 "정선 가는데 얼마예요?"라고 역무원에게 차표를 달래야겠다. 전망 없는 주방 기술을 팽개치고, 내 머리 속에 든 얼굴들을 접어둔 채, 좋아하는 정호승 시인의 시집을 등에 업고 가야겠다.

정선을 가려면 증산역에서 한없이 기다려 갈아타던 기억이 떠오른다. 오래된 다방에서 창문이 가리키는 달과 별을 보면서 벽에 걸린 괘종시계가 빨리가기를 재촉하며 마음 졸이게 했던 때와는 달리 여유 있게 커피를 마시며 주인마담과 옛이야기도 나누고 싶다.

기차가 도착할 때쯤이면 역무원은 깃발을 펄럭이며 중요한 정보가 주고받을 것이다. 자리가 없으면 차장에게 웃음 지으며 졸라봐야겠다.

기차 안에는 생선 아줌마들의 요란한 장사행위가 씩씩해 보이겠지. 두고 온 식구들의 얼굴을 잠시 꺼내 보며 비린 것 몇 마리 챙겨야겠다. 기차 안의 모든 사람들에게 자주 만난 사람처럼 괜스레 말을 걸고 정선사람이라며 경상도 사투리를 섞어 대면 정말 그럴듯할 것이다. 화암동굴이 어떻고... 가랑왕산 계곡은 발이 시릴 정도로 차갑고... 묻지도 않는데 손님인 내가 주인행세를 하는 것이다.

기차는 올 곳까지 와서, 멈추어 선다. 플랫폼에서 길게 늘어진 철길을 한없이 바라보며, 아이를 떼어 놓자 울부짖던 몸부림을 생생하게 떠올리게 될 것이다. 맞벌이 때문에 세 살 된 아이는 시누이에게 맞기지만, 첫돌 된 딸아이는 우리 아버지가 포대기로 업고 가셔서 4년을 키우셨다. 과거를 곱씹으며 역 마당을 배회해야겠다. 그러다가 누군가를 만나면 손가락 셋을 펴 보이며 아이숫자를 말해줘야겠다. '둘만 낳아 잘 기르자'라는 운동을 하던 사람들은 눈을 부릅뜨며 놀랄 것이다. 그리고 둘째 아이가 잘 컸다고 말해줘야겠다. 그리고 옛날 엄마 집에 가서 딸아이가 놀던 상상력을 걷어와야지... 아이야, 정말 미안하다. 용서해다오.

춤 선생

나는 이래 봬도 춤 선생이다. 내 춤의 역사는 아마 교회의 주일학교 때 율동을 따라하면서부터 시작했다고 할 수 있다. 중학교 때부터 줄곧 유치부 교사를 하면서 노래만 하기는 좀 싱거운듯해 율동을 만들곤 했다. 길을 가다가 양손을 쳐들고 "반짝반짝 작은 별"을 하고 있는 어린아이들 앞에 쪼그리고 앉아 배우기도하고 몇 가지 가르쳐주기도 했다.

교실에서 수많은 것들을 배웠지만 노상에서 배운 한 가지는 아직도 생생하다. 학교소풍을 마치고 돌아오는 길에 친구들과 놀면서 춘 나는 개다리 춤은 새로 운 바람을 일으켰다. 그 이후로 교실 뒤편에서 개다리 춤을 가르쳤고, 공무원시험 학원에서는 다이아몬드 춤을 가르쳤는데 그만한 이유가 있었다. 동료들과 용문산 산행을 가면서 어렵사리 야외전축을 빌려 산 위로 올라가 한판 놀 요량이었는데, 춤을 서로 추라는 요구만 있었지 실제로 아무도 춤을 추지 않았다. 그래서 내가 다이아몬드 스텝을 밟으며 춤을 추자 모두 놀라는 표정이었다.

그때부터 학원교실 바닥에 X자를 그어놓고 쉬는 시간마다 다이아몬드 스텝을 가르쳤다. 영월에서 교사강습회 교육을 받을 때 남자들과 손을 잡고 원형으로 돌아가는 포크댄스를 처음으로 배웠다. 이 광경을 보신 우체국장이셨던 장로님은 놀라셔서 목사님한테 해괴망측한 장면을 보았다고 일러바쳤다. 결국 나는 목사님께 불려가서 "어디서 남자들과 손을 잡고 춤을 쳐"라는 야단을 듣고 몸이 오싹 쪼그라들기도 했었다.

홍역을 치렀던 포크댄스를 어찌 잃어버릴까! 자우지간 열 명만 넘으면 마당이나, 강가나, 역 광장, 배 갑판, 남이섬 등에서 수백 번 우려먹고도 아직도 너끈하다. 한번 배운 것이 평생 간다는 진리까지 깨달았으니 흔쾌한 일이다.

나는 남편과는 달리 무엇인가 모아들이는 구질구질한 습성을 지닌 '골치 아픈 여편네'다. 남의 것을 싫어하면서도 옛것은 좋아해서 바가지, 소쿠리, 키 같은 것들을 줍거나 사기도 한다. 거리에 버려져있는 음악 테이프를 있는 대로 주어와 내 음악 자료로 쓰기도 한다. 그 음악을 들으면서 달력 뒷장에 깍두기 칸을 그려놓고 엎어지고 자빠지고 옆으로 숙이고 자우지간 별짓을 다하며 춤 모양새를 그린다.

노래를 약 100곡 정도 귓구멍이 지겹도록 들으면서 50곡, 30곡, 20곡, 10곡, 최종적으로 1곡을 당선시킨다. 음악을 들으면서 박자를 세어 감각을 익히고 나서, 음악평론가이신 한 선생님한테 전화를 걸어 음악을 들려드리며 그 음악에 대한 여러 가지를 이해하는데 도움을 요청한다.

기본 틀은 한국의 이미지로 하는데 음악은 현대판이다. 이걸 내 나름 '퓨전'이라고 말한다. 기본 뼈대는 탈춤이되 나만의 춤이고, 바구니로 어우동 모자를 만들어서 그것을 쓰고 추는 춤이야말로 색다른 코믹 댄스이다.

교통경찰이 검문하거나 교통정리할 때 사용하는 빨간 봉으로 캄캄한 곳에서 사람들이 전혀 본 적도 없는 이상한 춤을 고안해낼 수 있는 것은 신이 내게 준 지혜의 선물이다.

조선일보를 펼쳐든 어느 날, 내가 가르친 꼭두각시와 캉캉 춤 기사가 제법 크게 실려 거의 기절할 뻔했다. 꼭두각시 춤은 유치원생들의 단골메뉴였고, 캉캉은 서구 미모의 여성들이 풍차를 떠올리게 하는 춤이었는데, 이를 좀 엉뚱하게 어르신들에게 접목시키자 대단한 반응을 불러일으켰다. 다음날 아침부터 방송 3사에서 경쟁적으로 촬영요청을 해와 '화재집중', '6시 내 고향', '아침마당' 이외에도 여러 프로그램에서 방송되어 좋은 추억도 챙겼다.

"연예인이 하루아침에 뜬다"는 말이 무엇인지 실제로 체험할 수가 있었다. 춤이 언론에 보도되고 수많은 곳에서 와달라는 요청이 쇄도했다. 그래서 나는 계속 춤을 업그레이드시켜 나갔다. 춤을 추다말고 아이스케키를 팔고, 머리에 인 바구니에서 군밤과 고구마가 나오고, 장난감 도끼와 총도 나오곤 했다. 집에서 멸시천대 받던 잡동사니를 다 동원하니 그야말로 고물이 보물로 변했다. '해방가'를 부르다 말고 격한 대목에는 고무신을 벗어 땅을 두드려대면 극적인 장면이 연출되기도 했다. 기존의 것에 변화를 주는 것이며 상식을 깨는 거다. 이렇게 내가 하는 일에 일조를 하시는 분은 친정어머니시다. 입으로 부는 악기가 있으면 실제로 연주는 못해도 입에 대고 열심히 부는 흉내를 내시는 어머니는 시대적인 환경 탓에 꿈을 이루지 못한 아쉬움을 늘 가지고 계신다. 자신은 아까워서 못 쓰는 돈으로 꽹과리와 두부장수가 치는 종 등을 사서 내게 주셨다. 나는 귀찮아하면서 마지못해 받아둔 꽹과리를 품바타령할 때 두드려대고, 아리랑 경창대회를 하면서 시간을 넘기는 출연자들에게 종을 울릴 때 요긴하게 사용하였다.

내게도 오랫동안 '춤 거래'하는 몇몇 단골이 있다. 내게 정해져 있는 각본이 없기 때문에 공연이나 대회에서 요청하면 그 상황에 잘 맞는 것을 만들어 주다 보니 수없이 많은 춤을 만들게 되었다.

모 가수의 평창올림픽 노래로 춤을 만들어 세계국기와 접목시켜 경주에서 만 명이 넘는 행사장에서 오프닝 공연을 했고, 한소연 예술단은 내 꼭두각시 춤으로 중국공연을 가서 국빈대접을 받을 정도였고, 일본유학생들에게 부채를 들려주고 일본에서 부채춤을 추게 했다. 그리고 필리핀에서 중국인들 앞에서 중국어로 번역한 아리랑을 내가 불렀으니, 나도 조금은 국위선양을 했다는 자부심을 가지게 되었다.

나는 언제나 재미있고 새로운 레크리에이션과 춤을 만들어서, 그 안에 메시지를 넣으려고 한다. 좀 더 밝은 세상을 꿈꾸며...

방송 사고

KT를 퇴직하고, KBS 통신원으로 방송에 입문을 하게 되었다. 웅변을 했던 탓에 조심스럽기는 하지만 떨지는 않았다. 제천 지역 소식부터 충북, 전국방송을 하면서 지역의 역사와 많은 이야기를 알게 되었다.

가장 기억나는 것은, 공산권에 보내는 사회교육방송이었다. “안녕하십니까? 여기는 대한민국 충청북도 제천입니다. 지금 이곳은 진달래가 활짝 핀 봄이 왔습니다”라고 하면서 방송 첫 멘트를 날리며 고국의 소식을 전하는 것이 설레며 흥분되었다.

부모님이 다 돌아가시고 삼남매끼리 사는데, 가장인 맏이가 교통사고로 두 다리가 잘려나간 사연을 전할 때는 마음이 너무나도 아팠다. 월남 전쟁에 참전했던 사람이 고엽제로 인해 자녀들까지도 고통 받는 것을 전국에 라디오 방송을 하자, 몇 백만 원의 격려금이 그분 통장으로 송금되어 방송의 저력을 느끼며, 이렇게 좋은 분들이 있어서 아직은 살만한 세상이라 생각했다.

하지만 반대로 100만km 무사고를 달성한 열차 기관사에 대해 방송했더니, 장애인으로 사칭하여 물건사라는 전화를 꽤 여러 번 받았다며 하소연하는 열차 기관사도 있었다.

방송에서 "앞으로 물을 돈 주고 사먹는다고 하는데, 이거 말이 되나요?"라고 의문을 제기한 적이 있다. 그런데 지금은 거의 대부분의 사람들이 물을 당연하게 사먹고 있다.

여러 가지 일들 속에서 잊지 못할 방송사고 3건이 있다. 아침 방송이라 전날 저녁에 원고를 쓰다말고 잠이 들었는데 울리는 전화벨소리에 화들 짝 깨어 보니, 벌써 아나운서의 목소리가 또박또박 들려오는 게 아닌가? 어제 저녁에 쓰다가 만 원고에 급작스런 살을 붙여 끝내버린 방송 때문에 온종일 우울했었다. 또 두툼한 목소리를 좀 더 가늘게 해보려고 포도주를 소주잔으로 한 잔 마셨는데, 평소 술을 먹지 않았기 때문인지 온몸이 휘청거리며 정신이 몽롱한 상태에서, 들키지 않으려고 무던히도 애쓰며 간신히 방송을 마친 적도 있다.

이 두건의 방송은 그런대로 묻히고 말았지만 내가 교사로 있는 노인대학 학생들이 방송에 출연하면서 점심을 먹자고 했다. 방송 준비를 해놓고도 맛있는 음식에 정신이 팔려 열심히 먹고 있다가 순간 생각이 났다. 시계를 보니 이미 방송 시작 시간이었다. 신발을 벗어든 채 대로변 신호등도 무시하고 미친 듯이 뛰어가자, 우리 집 전화기는 누구의 손에 쥐어져 있었고 수화기 안에서 나를 애타게 부르고 있었다. 수화기를 받아들었지만 내 거센 숨소리는 잠을 재울수가 없었고 원고에 있는 단어를 한 줄 말하고, 또 숨소리를 내며 번갈아 반복하는 내가 마치 지옥에라도 온 것 같은 치욕적인 순간이었다. 3분이란 짧은 시간이 마치 3년처럼 느껴지던 그날은 잠을 이룰 수 없을 정도로 슬펐다.

그 다음날부터 어떤 남자분이 자신을 숨긴 채 전화를 하면서, 나의 실수를 타이르는 게 아니라 수시로 괴롭히는 것이다. 전화기 벨만 울려도 소스라치게 놀라 잠을 이룰 수 없는 지경에 이르자 KT에 찾아가 상대번호를 알게 된 후부터 고통의 전화는 사라지게 되었다. 방송하느라 있었던 이 세 가지 사건은 개운치 못한 추억이다.

부부는 달라야 한다

서로 살아온 환경이 다른 두 사람이 함께 사는 것이 가정의 시작이다. 부부는 양파와 마늘 아니면 고구마나 감자처럼 좀 비슷하게 만나야 한다. 어떤 이들은 식성이 비슷하고 취미도 같아야 한다고 말한다.

내가 자취하는 집의 하숙생 남자는 항상 책을 끼고 다녔고, 폴 모리 음악을 들으며, '형이상학'같은 단어를 말하곤 했다. 나는 많은 고민 끝에 종교를 뛰어넘어 그 집에 밥하는 여자로 들어앉고 말았다. 신부수업도 제대로 못 받은 내가 국수를 걸쭉하게 끓이면, "물 부어 먹으면 되지 뭐"라고 하며 남편은 흔쾌히 받아들였다.

이처럼 너그러운 남편에게 일 년 쯤 지나다 보니 내성적인 기운이 있었다. 내가 제일 좋아하는 음식은 경상도 식해, 가오리무침 그리고 팥 음식이다. 찹쌀밥에다 무채와 고춧가루를 넣어 시큼하게 삭힌 식해야말로 내 최고의 음식임을 자랑하고 있지만, 남편은 먹다버린 개밥처럼 여기며 한 숟가락도 먹어볼 호기심도 없었다. 나와는 반대로 새로운 것에는 관심이 없고 늘 먹던 습관에서 벗어나지 않으려 한다.

문화적 측면에서도 영화나 뮤지컬 그리고 음악을 즐기는 내 기질과는 달리 남편은 조용한 선술집에서 소주잔과 함께 국가와 세계를 논하는 형이다. 예술의 전당에서 '울고 넘는 박달재' 뮤지컬을 보고 밤늦게 돌아온 나를 남편이 아무리 야단을 쳐도, 내 안에 뮤지컬 영상이 가득 남아 있어서 그저 행복하기만 했었다.

신체기온도 서로 달라서 나는 문을 열려고 하고 남편은 닫으려고 한다. 남편은 단정하고 정확한 사람이다. 그래서 연탄불을 관리하는 데도 언제나 정확한 시간에 불 한번 꺼트리지 않는 성실함을 가지고 있다. 반면에 나는 기온에 따라 덜 때거나 더 때거나 조절을 하다가 불을 꺼트리기도 한다.

돈도 천 원부터 차곡차곡 모으며, 어떤 유혹도 받지 않고 허황

된 꿈도 꾸지 않는 남편에 비해, 나는 천 원으로 만 원을 만들려는 모험심 때문에 그 천 원마저도 잃어버린 적도 있지만, 남편 덕분에 이렇게라도 살고 있다.

비행기에서 내려 주차장에 오면 차를 찾느라 정신이 없는 나에 비해, 한번 주차한 곳은 정확하게 찾아가는 남편 때문에 편할 때도 있다.

남편은 머리형이다. 어떠한 사건이 발생하면 옳고 그름을 깊이 생각하고 함부로 덤비거나 서두르지 않아서 실수하지 않는 내향적인 사람이다. 그와 반대인 나는 움직이기를 바로 하는 행동파 기질이 있어 담대하면서도 오지랖이 한참 넓다. 누군가 내게 부탁하면 바로 실행에 옮기는 내가 때로는 실수를 할 때도 있지만 의외의 성과를 이룰 때가 있다. 남편은 먼 곳보다 가까운 곳을 잘 들여다보는 현미경을 가졌다면, 아내는 멀리 보는 만원경과 고무풍선을 가졌으니, 우리는 먼 것과 가까운 것을 같이 볼 수 있는 두 눈을 가진 것이다.

이렇게 다른 점도 많지만, 술을 좋아하는 남편 때문에 나는 술 먹는 사람들을 이해하게 되고, 남편도 내가 좋아하는 것을 많이 이해해 주면서 조금씩 서로 닮아가고 있다.

"젊은 부부들이여, 부부는 같을 수가 없어. 서로가 다르다는 것을 깨닫고, 뉘우치며, 상대를 온전히 이해하고 알아가는 거야. 그러니까 쭉 살아봐! 그럼 알아"라고 말하고 싶다.

계절병

일 년에 서너 번 짐을 챙겨 떠나는 여행버릇이 있다. 어쩌면 치유될 수 없는 계절병이었는지도 모른다.

혼자 훌쩍 떠나는 여행, 나만이 즐기는 여행 병이 또 도졌다. 삶의 굴레 속에서 살다가 용감하게 탈출하는 것이다. 평소에 멋으로 꽂아두었던 책 한 권과 미쳐 못 본 신문 몇 장을 챙겨 넣고 빠른 기차가 아닌 느린 기차를 선택한다. 요금이 싸서도 좋지만 그저 사람 사는 냄새가 풀풀 나는 열차에 몸을 맡기며 세상살이를 실감할 수 있기 때문이다. 풍기에 이르자 옆에 타고 가던 아줌마가 "어저께 배추를 50원에 팔았는데 서울 딸네 슈퍼에 가 보니 800원이

넘데"라고 하는 호들갑에 한바탕 웃음이 나온다.

안동역에 이르자, 주왕산에 가고 싶다는 욕망에 얼른내리고 말았다. 내 숨은 실력의 경상도 사투리로 주왕산 가는 길을 물어 도착하니 이미 해는 붉게 펼쳐져 노을 진 풍경이 그려져 있었다. 아, 얼마 만에 만나보는 황혼인가! 이런 아름다움의 극치를 어디에다 빼앗긴 채 살아왔을까? 앙상한 가지에 달려있는 홍시는 입 벌리고 있으면 입으로 떨어질 것만 같다. 아무렇게나 생긴 바위들을 보아도 가슴이 저며 온다.

가을 단풍도 아름다웠을 텐데... 떨어져 굴러가는 낙엽만 보아도 나는 막 태어난 시인이고 싶다. 이제 나뭇가지에 쌓일 눈송이를 상상하면서 아름다운 추억을 만들어야겠다. 이렇게 시시때때로 베푸는 자연의 아름다움을 음미하지 못한 채 왜 바쁘게만 살았는가 싶다.

오늘 갑자기 떠난 여행이지만, 누구라도 용서할 수 있는 마음의 여유가 생기게 하였다. 그러나 올해의 마지막 여행이겠지...

김치
담그던 날

언제나 밥상에서 일등을 웅변하는 김치를 태어나면서 지금까지 먹었지만, 아직도 질리지도 않고 해외에서도 안 먹으면 입에 가시라도 돋을 것만 같다.

그 김치를 오늘 제대로 담가보자. 동네 슈퍼에서 배추 한 포기만 사던 습관을 저버리고 부지런한 여인처럼 이른 새벽 농산물 공판장에 나가 서너 포기 푸짐하게 장만하고, 빨간 고추를 고르며, 월드컵을 떠올리자, 괜스레 힘이 솟아난다.

배추를 날이 좋은 칼로 쩍쩍 가르며 소금으로 세례를 주고 "죽어라. 죽어라" 고 한 후에 잠자기를 청하며 뒤척인다. 그러고 보니 내 인생의 김치 역사에도 남사스러운 데가 있다.

직장생활을 하면서 웬 벼슬이라고 정선역에서 제천역까지 친정어머니 표 김치를 만두까지 합류시켜서 소화물로 운반해 먹기를 20년 가까이 했었다. 어머니의 힘센 근력은 점점 약해져만 갔고, 나는 철이 들기 시작해서 김치 배달은 끝이 나고, 김치는 내 시대로 접어들었다.

정치가 정치인을 잘못 만난 것처럼, 김치란 존재는 내게 별 인기를 누리지 못한 채, 왕따 신세를 면치 못하고 이리저리 뒹굴다가, 참치의 협조를 받아 내놓은 것이 바로 김치찌개다.

오늘은 반드시 맛있는 김치를 담그겠다는 결심을 하고 "소금이 그 맛을 잃으면 무엇으로 짜게 하리요"하는 성경구절을 떠올렸다. 그래서 물과 소금의 비율을 점지하며 배추는 약간 덜 절이고, 고추와 양파, 마늘을 한전의 기술을 지원받아 전기믹서에다 힘차게 갈고, 무와 파도 어머니를 생각하며 잘게 썰었다.

찹쌀로 풀을 쑤니 "김치에 밥알이 들어갔네"라는 아이의 지적을 겸허히 받아 들여, 이번에는 찹쌀가루로 풀을 쑤어 버무리 공사를 하자, 진짜 아줌마 자리를 확보한 기분이다. 반나절 익히어 시원한 냉장고에 넣어놓고 살을 불리고 있다.

무엇이든지 정성을 들이면 되는 것이다. 그게 바로 '공'이기 때문이다. 나도 이제 이 세상에서 일등 솜씨인 우리 엄마의 뒤를 이어 '공'을 들여야겠다. 그새 또 김치가 먹고 싶어진다.

김치
도둑

찬기가 나를 더 쪼그라들게 한다. 뛰어가고 싶다. 따끈하게 달구어진 방이 그립다. 이미 방안에선 부자의 코골이가 시작되어 이중창을 하고 있겠지…

딸아이들은 어디서 빌렸는지 책속에 빠져 어미 귀가에도 무관심하다. 저녁을 먹어야겠다. 상이야 차릴 것도 없이 장독 속에 손을 깊이 넣어 맨 아래쪽 김치를 올려와 머리를 용감하게 싹둑 잘라 먹는다. 홀로 맛는 만찬을 어떻게 말해야 할까? '최고야, 죽인다. 둘이 먹다 셋이 죽어도 모른다'라는 찬사를 마음속에서 계속 외친다.

시누이에게서 얻어온 배추와 친정어머니 50년 경력을 결합해 완성한 김장은 더 깊은 맛을 느끼게 한다. 이러한 식성 때문에 뚱보 아줌마 자리는 언제나 내 차지이다.

어린 시절, 촌수깨나 높은 내가 고향에 내려가자, 동네 아이들이 나를 보고 "아지매"라고 부르면서, 내가 서울말을 쓴다며 흉내 내며 재미있어 했다. 그리고 나를 위한 이벤트로 화투치는 일을 벌였다. 똑같은 그림을 찾으면 된다는 최초의 학습을 받아 호롱불을 켜고 물어물어 경기가 진행된 얼마 후 승부가 결정되자, 난 진 팀에 끼어 있었다. 이긴 팀은 하얀 쌀밥을 하고 진 팀은 동네를 다니며 땅에 묻혀 있는 김칫독에서 김치를 훔쳐 와야 한다는 사전 경기의 조건이 있었다는 것을 나는 몰랐다.

내 손에는 박으로 만든 바가지가 이미 들려져 있어 돌이킬 수 없는 상황까지 왔으니, 김치도둑 조수 역을 맡을 수밖에 없었다. 간은 콩알만 해지고 개짓는 소리에 다리가 후들후들 떨려 내 음정은 바이브레이션을 내고 있었다. 할아버지나 드실 수 있었던 하얀 쌀밥을 금방해서 김치를 손으로 찢어먹으니 너무나도 맛이 있었다.

이렇게 어둠 속에서 펼쳐진 옛 그림들을 떠올리다 보니, 이미 밥은 한 그릇 다 비워져 있고, 고요 속에 시계는 더 깊은 밤을 향해 가고 있었다.

그래, 김치를 훔쳐 먹더라도 옛날로 돌아가고 싶다.

꽃들에게 향기를

꽃가게 앞을 지나면서 무심코 꽃과 눈이 마주치자, 꽃들이 "오랜만이야"라고 인사를 건네는 듯하다. 꽃가게에 들어가서 어느 꽃을 살까 고민해 본 적도, 장미 한 송이를 산 적도 없는 것 같다. 아이가 셋이다 보니, 돈이 없어서일까? 마음에 여유가 없어서일까?

어떤 남자가 안개꽃 한 다발을 사서 품에 안고 걸어가는 뒷모습을 보며 '저 꽃을 받는 이는 누구일까?'라고 궁금해 하면서 질투심과 부러움을 느꼈다.

주판알을 튕기며 또 다른 마음이 싹터오며 파도처럼 밀려드는 추억에 잠기게 된다. 꽃을 좋아해 꽃말까지 외우던 소녀가 지금은 삶에 찌든 여인처럼 변해가고 있음을 확인한다.

그 옛날 마당가에 심어 놓은 백일홍을 꺾어 교회에 안고가 꽃꽂이를 하면서 꽃을 사랑하는 마음도 깊어져 갔다. 꽃가게 윈도우를 들어다 보며 꽃꽂이에 대해 살피고 책을 사서 공부도 했었다.

그 후 시골 우체국에서 근무를 할 때 산과 들로 다니며 이름도 모르는 꽃들을 가지고 와서 사무실을 꾸몄다. 솔나무 가지에 백합을 꽂아 시원함을 선사했고, 항아리에 코스모스를 듬뿍 꽂았고, 들국화로 가을을 노래했고, 겨울이면 장작불 지핀 아랫목에서 마른 가지에 노란 개나리를 만들어 화분에 연탄재를 넣고 심어 우체국 창구에 놓았다. 그러면 손님들은 “어! 개나리가 피었네. 진달래도 피었어” 라고 하며 놀라워하고 직원들도 함께 즐겁게 웃던 추억들이 있다.

하지만 내 첫사랑 백일홍은 지금 어디에 가면 볼 수 있을까? 그래, 내 작은 마당에 봉숭아를 심어 꽃을 피워 나비를 불러 모으고 내 과거를 보상받을 거야…

나의 풍요

이삿짐을 싸려고 가지고 갈 것과 버릴 것을 구분하면서 갈등에서 허덕인다. 별 쓸모없었던 물건이라도 버리는데 용기가 필요하다. 자꾸만 미련에 이끌려 내어놓고 들여놓는 변덕스런 여편네다. 8년 동안 여덟 번이나 이사한 경력이지만 아직도 버리지 못한 짐들은 나의 역사요, 삶이다. 닳아빠진 일기장, 퇴색된 사진, 시집올 때 어머니께서 할부로 사주신 커피 잔, 폼 나지 않지만 가난할 때 산 옷 한 벌과 신발 한 켤레, 모두가 소중했던 내 인생을 말해 주고 있다.

이제는 낡은 집이지만 대문엔 우리 집 가장의 이름이 새겨져 있어, 가슴 뿌듯함을 느끼며 대문 안에 들어선다. 마당구석에서 포도나무와 장미 넝쿨이 시샘이라도 하듯 잘 뻗어 가고, 아름다운 색깔로 축배의 잔을 나눌 수 있는 앵두나무와 살구나무가 친구처럼 나란히 서 있는가 하면, 올해 처음 한 개의 대추가 달려 내입으로 들어오는 영광을 얻었다.

좁은 마당에 들어선 여름 꽃을 바라보면서 아침인사를 나누고 신선한 일상을 누린다. 토끼란 놈이 한 식구가 되어, "일거리 생겼네" 하며 시비를 붙어봤지만, 여덟 살짜리 작은 아이가 처음 보는 토끼를 보고 "눈병이 났나봐! 귀가 부러졌나봐!"라고 하는 말에 나는 할 말을 잃은 적도 있다.

아침이면 일어나라고 깨우는 수탁의 호통소리와 함께 새로 온 개도 한바탕 짖어대면 기지개를 펴면서 부엌으로 향한다. 이른 아침부터 동네 꼬마 녀석들이 대문 안으로 고개를 내밀고 무어라고 한 마디씩 한다. 해마다 이사하느라 일그러진 농짝은 아직 갈지 못했지만 누구에게라도 우리 집에 없는 것이 없다고 넌지시 시비를 붙어보며 교만하고 싶다.

남편은 이른 아침부터 의림지 못 둑에 가서 쇠똥을 뜯어 오고 공판장에서 눈치를 살피며 채소 나부랭이를 가져오는 모습을 보면, 어제의 술꾼이 진정으로 바꾸어진 것 같아서 기쁘다.

남편이 개 이름을 지으라며 문을 나서자, 아이들은 "지훈이, 지순이, 지먹이"라고 하며 학교로 갔다. 따뜻한 홍차의 향기를 마시며 하늘을 보고 나의 풍요롭고 부유한 마음을 하늘로 날려 보낸다. 오늘 오후엔 강아지 이름이나 지어야겠다.

누드와
서리

시장 안에서는 과수원을 볼 수 있다. 온갖 종류의 과일들 중에, 노란 참외가 나의 과거를 회상하게 만든다.

하늘, 별, 바람, 강이 있는 곳에서 모닥불은 하늘을 찌르고 강물은 일렁이던 캠프였다. 먹을 것이 계속 모자라서 여학생들은 밭으로 나가 몰래 고추를 따면서 가슴이 콩콩 뛰었고, 선배들이 동네에서 고추장, 된장을 얻어오는 광경은 마치 승리하고 돌아오는 군대와도 같았다.

밤이 되자 선생님은 길쭉한 남자 애들을 대표선수로 선발했다. 참외서리 갈 팀을 구성한 것이다. 옷을 모두 벗고 가야 한다는 명령이 시달되었다. 첫째, 강을 건너야 하고, 둘째, 참외밭 주인에게 들킬 염려를 줄이고, 셋째, 들킬 경우 옷을 입지 않아 몸이 붙들리지 않는데 용이하다는 판단에서이다.

드디어 선수들을 거의 누드로 출발을 하고, 남은 우리는 '송아지'부터 '아리랑', 'Beautiful Sunday'까지 부르며 기다렸다. 서리팀의 벗은 몸 때문에 우리가 잠든 새벽녘에야 돌아왔다. 자루엔 시퍼런 참외가 가득 있었다. 그 덜 익은 참외는 고춧가루와 간장을 넣어 반찬으로 만들어 먹었던 여름날의 추억이 떠올려진다.

할아버지 머리가 된 선생님은 "이 녀석들아, 그 꼬불꼬불한 파마머리 다 풀어! 그건 아줌마 머리야. 건방지게 웬 흰머리야. 나 늙는 건 괜찮지만 너희들 늙는 건 정말 싫다"라고 40대 중반이 된 우리들을 호되게 야단을 치신다. 참외서리 주동자이신 선생님 회갑 날을 위해 아코디언 건반을 서툴게나마 두드려본다. 그리고 전화를 걸어 "숙자야, 니도 장구 좀 배워래이"라고 수다를 떤다.

눈물주머니

어느 드라마에서 의사인 아버지가 죽는 모습을 보면서 너무나 안타까워 울었다. 누구에게나 예고된 죽음이라 할지라도 죽음에는 종류가 있지 않은가? 살만큼 살다 간 죽음, 고생만하다가 이제 살만하니까 죽는 안타까운 죽음, 부모를 두고 자식먼저 가는 뼈아픈 죽음이 있다. 제일 안타까운 것은 어린아이를 두고 가는 어머니라고 말하고 싶다.

내 친구 어머니는 아이를 업고 철길을 건너다가 기차에 치여 돌아가셨다. 친구의 아버지는 아이를 도저히 키울 수가 없어서 고아원에 맡겼다가, 수십 년 만에 찾아내 극적인 상봉을 하였다.

노부모가 자식을 먼저 보내야만 하는 슬픔을 있는 힘을 다해 꾹꾹 눌러 참는 모습과 아내가 남편을 보내는 모습을 보는 나도 드라마 안으로 빨려 들어가, 그 슬픔에 동참하고 있었다. 마치 내 가족의 아픔처럼 '소리 내어 펑펑 울면 속이 시원하겠다'싶었지만 옆에 앉은 드라마 관객들의 표정은 냉정한 상태였다. 살면서 누구라도 겪어야 할 필연적인 일이고 내게는 노부모가 계셔서 언젠가는 만나야 할 슬픔이 아닌가...

드라마 작가가 만들어낸 허구의 작품인 연속극을 보면서 우는 자신이 한편 우습기도 하고 쑥스럽기도 하여, 아이들 눈치만보다가 눈물을 닦았다. 하지만 TV 안의 가정에서 초상이 났는데, 슬프다는 표정도, 말 한마디도 없는 아이들을 바라보며 '이 냉정한 인간들아!'하고 마음속으로 소리쳐본다. 감수성이 예민한 나이에 눈물은 뭐하고 있는 걸까?

친구들이 변소에서 귀신 나온 이야기만 해도, 선생님이 옛날 이야기를 들려주셔도, 성경에서 탕자의비유만 들어도 눈물이 났었다. 전달자가 유능한 배우도 아니고, 그렇다고 리얼하게 몰아가는 실력도 없었지만 이야기 자체가 가지고 있는 슬픔에 동요되었다.

길을 가다 걸인만보아도 사탕도 제대로 못 사먹으면서 일원짜리 하나라도 놓고 와야 했던 '슬프고도 기쁜 옛이야기들'이 있다. 이웃에 사는 영희와 철수 집에 어려운 일이 있으면, 진심으로 아파하면서 눈물을 흘리곤 했다. 그때는 왜 그리 눈물 저장고를 열어두고 살았는지, 우리 아이들의 눈물은 어디로 흘러간 것인지, 알고 싶어진다.

보릿고개와 굶주림에 대해 아이들에게 이야기하면 "라면을 끓여 먹으면 되지, 아니면 피자를 시켜 먹든지"라고 대답하는데, 할 말을 잃게 된다.

경제와 문화수준의 윤택함이 가져다주는 대가일까? 사랑이 식어가고 인정이 메말라 가는 현실이 사람다운 사람에서 컴퓨터처럼 자동화되는 느낌이다.

지금 자라나는 세대들에게 더 큰 눈물주머니가 주워진다면 이웃의 아픔도 내 것처럼 느껴질 것이다. 눈물주머니를 더 크게 하소서.

달걀 꾸러미

겨울과 봄의 길목에서 졸업과 입학이 이어지면, 꽃집 아줌마는 풍성한 꽃을 준비해놓고 꽃 주인을 기다린다. 언제부터 이렇게 다양했던가? 안개꽃에 장미를 몇 송이 꽂아 주는 것이 상식이지만, 형형색색의 꽃들이 즐비하다. 각종 꽃에는 꽃말들이 있어서, 그 모든 것을 알고 꽃을 선물하려고 하면 공부의 수고를 해야 한다. 아무튼 꽃은 신이 인간을 위해 만든 위대한 작품이라고 말하고 싶다.

나도 별수 없이 남들이 다하는 행렬에 끼어 가장 저렴한 꽃다발을 챙겨 아이 초등학교 졸업식장에 갔다. 오랫동안 공부했던 선생님과 친구들과의 이별로 슬픔이 있기 보다는, 그저 즐거운 웃음 소리만 식장을 메운 생뚱맞은 졸업식장에 서서, 나는 어느새 그 옛날 졸업식으로 여행을 떠나고 있었다.

졸업식은 두 분류로 나눈다. 중학교를 가는 친구와 못가는 친구들이다. 가정형편이 안되어 진학을 포기하고 건빵공장에라도 가서 남동생들 뒷바라지해야 하는 친구들, 아니면 부모님이 안 계신 친구들이 있었다. 이렇게 진학을 못하는 친구들은 이별보다는 가난에 대한 설움에, 평생에 마지막 학교이기에, 졸업식에서 눈꺼풀이 퉁퉁 붓도록 울었다. 어떻게 보면 인간미가 있었던 그리운 풍경이었다.

방긋방긋 웃으며 식장을 나오는 아이에게 '그렇게도 좋냐'하고 꼬집어 주고 싶은 얄미운 마음까지 든다. "그래, 너희들이 어찌 내 맘을 알겠니?" 그 시절을 일일이 설명할 수도 없고, 시대적 환경이라고 치부하고 싶다. 이럴 때마다 한 학부모가 생각난다. 평소에는 학교를 잘 드나들지도 않지만 꼭 졸업 때만 되면 참기를 한 병을 아주 예쁘게 포장해 공손한 인사와 함께 선생님께 건네고 돌아갔었다. 반면에 학년 초 분주하게 넘나들며 선물공세를 해왔지만 졸업할 때는 얼굴도 비추지 않은 학부모들에 비해 참기름 향내

나는 그녀는 언제나 순박해서 좋았다.

옛날 암탉이 알을 낳으면 식구들은 얼씬도 못하게 하고 알 숫자를 꼭 세어놓는 어머니도 볏짚으로 싼 달걀 꾸러미를, 딸 같은 선생님이라 할지라도 90도로 숙이며 드리는 모습은 꽃처럼 순수하게 아름다웠다.

존경과 사랑의 가치가 추락하고, 스승과 제자가 아니더라도, 주고받는 선물의 의미와 진실을 잃어간다면…

부자와 권세 있는 이에게는 비싸고 좋은 선물을 하고, 가난하고 직분이 없는 이에게는 대충 주며, 준 만큼 받아야 하고 나올 만큼 주어야 한다는 계산속에서 주는 선물은 일종의 거래인 셈이다.

선물은 마음에서 우러나오는 진실이 있어야 사랑의 저울눈금도 올라갈 것이다. 수줍어하며 달걀을 건네던 어머니들의 순박한 가슴을 선물에 담아 보낼 수는 없을까?

달을 따는 메밀꽃

달리는 차안에서, 아주 괜찮은 남자 옆에 수다와 푼수끼를 더한 여자가 타고 있었다. 낯설지 않은 주위 풍경이지만 바람은 나를 반기려고 나뭇잎에게 춤을 추라고 일러 주었다.

부모님을 떠나, 소꿉놀이처럼 홀로서기를 시작했고 결국은 엄마라는 표를 이루어낸 봉평이다. 삼년동안 묻고 간 마음들을 끌어 모으기 위한 욕심이 잠에서 깨어나듯 살아났다. 시장에는 대관령에서 금방 넘어온 숨찬 생선들이 질서 있게 누워 있었고, 옥수수는 수염도 깍지 않은 채 줄서 있었으며, 점잖은 감자는 "나는 강원도 대표선수야"라고 웅변하고 있었다.

동네 어귀에서 인절미 치는 떡판, 엿장수 가위질. 가장 행렬 주인공마저도 이방인 나라에서 온 것처럼 신기하고 정겨웠다. 내가 나무를 해서 불을 때다가 연기 때문에 울고 있으면 재미있다고 호들갑 떨던 아낙네들, 개구리 잡아놓고 자석식 전화기를 울려대던 동네 아저씨들, 농번기 탁아소에서 내가 가르치던 아이들을 만날 수 있는, 운 좋은 날이 되기를 기대하면서 서성였다.

첫아이를 얻은 옛집에 달려가, 아이들을 세워놓고 그 집에서 어떻게 살았는지 말해주며 느꼈던 흐뭇함이 떠올려진다. 가마솥에 물을 데워 목욕하던 것이 소설 속 이야기처럼 그려진다. 빨래하다 말고 고무신을 벗어들고 꺽지라는 물고기를 따라가던 정신 나간 꽃 새댁 시절의 행동을 재현하고 싶은 충동이 들었다.

냇가에서 빨래를 방망이로 펑펑 두드리던 리듬을 가슴에 품고 흥정리 물을 따라 올라갔었는데, 아직도 냇가의 돌들은 고울까? 내 삶의 일부였던 그 냇가가 고맙게 느껴졌다.

처음 그곳에 발령을 받고 가니, 별스럽지도 않은 메밀꽃을 보고 사람들이 지나친 칭찬을 해서 이상했었다. 봉평에서는 온동네가 떠들썩할 정도로 높은 양반이 와도, 무엇을 대접할까 염려하지 않고, 그저 500원짜리 메밀국수로 최고의 식사대접을 한다. 추운 겨울에 국수를 장작불을 지펴서 김이 모락모락 나도록 펄펄 끓여 놓고, 다시 찬물에 담가서 만든 막국수를 먹고 사람들이 덜덜 떨고 있을 때 국수 삶은 따뜻한 물을 한 대접 퍼주었다. 그러면 "잘 먹었다"고 만족해하던 별난 사람들, 별난 동네였다.

아이를 갓 낳은 신혼시절, 가족 모두를 제천으로 떠나보내고 홀로 남아 분주함 대신 고독을 씹던 어느 초가을 밤에 마루에 누워, 제천을 향한 하늘을 바라보며 눈시울을 적시었다. 그러다가 달빛에 내려다보이는 밭을 보며 묘한 경련을 일으켰다. 반짝거리는 하얀 꽃이 눈이 부시게 아름다웠다. 하찮게 여겼던 게 갑자기 예쁘게 보여서 '아, 이래서 꽃이라 했구나!'라고 감탄을 했다. 갑자기 신의 은혜를 받은 것이다. 드디어 메밀꽃은 내게 신뢰와 믿음을 주었다. 마치 싸웠던 친구와 갑자기 친해진 느낌이랄까! 끌려가듯 가서 먹던 메밀국수가 맛있어졌다. 그야말로 메밀꽃을 대하는 태도가 달라졌다.

봉평을 떠나 제천에서 지내다보니 봉평이 그리워졌다. 허름한 집에서 흰 수건을 두른 아낙이 겨울에도 가마솥에 장작불을 피워 삶은 국수를 차게 해서 먹고 다시금 덜덜 떨고 싶다. 그리고 국수 삶은 뜨거운 물을 먹고서는 시원하다는 거짓말도 하고 싶다.

이러한 간절함 때문인지 제천 도심 안에 메밀꽃을 심고 원두막도 차리고 허수아비도 세워 오가는 눈길을 사로잡게 되었다. 여름이 비켜설 때면 내 마음에 핀 메밀꽃에 대한 향수랄까, 지인들을 봉평으로 불러모아 놓고 안주인 행세를 하며 그곳에서 지냈던 시절의 내 그림자를 찾아 나선다.

뛰어나지도, 모나지도 않지만 어두움 속에서도 자아를 상실하지 않으며 그저 평범하기를 일러주는 메밀꽃 앞에서 머리를 숙인다. 그리고 추운 겨울이 오면 나도 '이상한 사람'이 되고 싶다.

담배...
그거?

차는 제천에서 출발했다. 전용도로를 내려 고개를 돌아 오르고 내리고 신체의 율동을 타며 곧 정선 시내에 들어가서, 한때는 우리 엄마가 시장의 안주인이 되어 많은 사람들을 만나던 장터에 이르렀다. 엄마를 떠올리게 하는 장소이다. 그리고 정선아리랑을 내 몸으로 받아드리던 풍경을 뒤로하고 임계로 가는 길로 들어서자, 조양 강에서 잠을 청하던 추억이 떠올랐다. 아우라지를 지나며 "아우라지 뱃사공아 배 좀 건네주게"라고 시를 읽듯이 불러댄다. 늘 보아도 마음에 드는 정선이다.

임계 실버복지대학에서 웃겨야 하고 재미를 상품으로 드려야

하는 강의 시간이 50분 정도 지나자 어르신 한 분이 "10분만 쉬고 합시다"라고 제의를 하신다. 여러 번 경험해 보았지만 '구름과자(담배)를 태워야 하시나보다' 하고 입에 손가락으로 담배 피는 흉내를 내면서 다녀오시라고 흔쾌히 친절을 베풀었다 하지만"담배를 피우려고 하는 것이 아니드래요. 원래 10분을 쉬는 거드래요. 여기서 담배, 그거 피우는 이가 하나도 없드래요"라고 하신다.

"아니, 그래도 한 두 분은 피우는 분이계시겠죠?"

"아니드래요."

"그럼, 술은요?"

"아이고, 술도 안 먹드래요."

"그럼, 원래 술 못 드시는 분들만 모이셨나요?"

"옛날에 다 먹었드래요. 근데 여기 다니고 부터 자연히 안 먹드래요."

남은 시간을 마치고 학장이신 신현모 목사님께 "어르신들이 술도 못 마시고 담배도 못 피우게 하셨나요?"라고 따지듯이 묻자, "아니에요. 소풍 가서 드시라고 해도 안 드시더라고요"라고 하신다.

함께 살아가는 공동체 속에서 빚어진 현상의 결과일 것이라고 생각해 보았다. 술과 담배가 몸에 해롭다는 것은 누구나 다 알고 있으면서 실천하지 못하는 것이다. 예전에 농사일이 고되고 지루해 소리와 함께 고난을 이겨내야 했던 먹고 살기위한 공동체라면, 지금은 문화예술을 충족하는 가운데 어떻게 하면 잘 사는가를 공유하고 소통하는 공동체인 것이다.

담뱃값 인상으로 인해 어느 때 보다 금연에 대한 관심이 많은 때이다. 4,500원 짜리 담배 한 갑을, 매일 1년 동안 피우면 1,642,500원이라는 계산까지 나왔으니, 흡연자의 고민은 이만저만이 아니다.

한때는 나도 동그란 연기가 멋져 보일 때가 있었지만, 지금은 흡연자가 왕따로 몰리고, 보는 이들마다 마치 담배 피우는 것이 인격하고 전혀 상관이 없지만, 대단한 잘못인양 매도하는 말을 하는 것을 삼가야 한다. 주변에서 자연스럽게 금연으로 이끌어 갈 수 있는 대안을 제시하는 노력이 필요하다. "우리 이제 담배 안 피우드레요"라는 소리가 여기저기서 나오기를 기대한다.

더하기

어느 날 밤 고층아파트에서 아들이 아버지께 물었다. 아버지 저 지붕위에 더하기 표시처럼 켜져 있는 빨간 불이 무엇이냐고 물었다. 질문을 받은 아버지가 내려다본 밤의 경치 속에는 빨갛게 켜져 있는 십자가가 무수히도 많았다. 아버지는 "저 불은 그대로 더하기란다. 하나님이 많은 사람들에게 더 사랑하고 더 잘 해주라고 하셨고, 예수님도 더하라고 명령하셨단다"라고 답변하였다.

밤하늘에 빨갛게 켜져 있는 십자가는 아버지 말대로 깊은 의미를 가지고 있다. 조건 없이 주라는 아가페 사랑을 누구에게나 더할 수 있어야 한다는 의미를 부여하고 있다.

많은 사람들이 더하기와 빼기 중에 하나를 선택해서 가라고 하면, 대부분이 더하기를 향해 달려갈 것이다. 더하기는 이득, 넉넉함, 풍성함 등 많은 것으로 생각되고, 빼기는 손해, 모자람, 피해의식 등을 의미하기 때문이다.

우린 늘 마음을 비우고 욕심을 버리겠노라고 무릎을 꿇고 기도하면서도 뒤편에서 이웃에게 더하기는 못하고 빼기만 하려든다. 그래서 번뇌와 고통의 인간사회 속에서 헤매고 있는 것이다.

남보다 더 많이 있어야 행복하다고 믿고, 그것을 추구하는 욕망이 가슴속에 파묻은 물보라처럼 파문을 일으킨다. 사랑해야 한다고 말을 하지만 가면을 쓴 무희처럼 춤을 추고 있으며, 입술에서는 이웃을 내 몸과 같이 사랑해야 한다고 공허한 외침이 있을 뿐이다.

이제 모두 가면을 벗어 던지고, 시기와 질투란 옷을 벗어버리고, 하나님이 너와 나 사이에 계시다는 믿음으로 다시 출발해야 한다. 더하기를 위해...

추억
여행

강원도 횡성군 서원면 사일리 시골동네는

하늘을 찌르는 듯한 산이 병풍처럼 둘러있고,

새소리와 온 산천을 뒤덮는 철쭉이 있고,

여름이면 고무신으로 고기를 잡던 유리알 같던 냇가가 있었다.

지금도 눈감으면 꿈처럼 와 닿는 시골 산야와

사람들이 그리워진다.

추억 여행

밤새 잠이 안 온다. 내 마음속에 들어있는 꿈같은 동네가 오늘따라 더 가깝게 다가선다. 버스를 세 번 갈아타면 갈 수 있다는 설렘이 가득 찬 마음은 아직도 순수함이 있는 거야 물으며 기쁨의 만세를 부른다. 24세에 농번기 탁아소 보모로 잠시 머물었던 동네다. 그곳 사람들을 나를 기억조차 못하리라는 예감이지만 아이들과 보낸 시간들이 꽤나 생각난다.

사방에 둘러싼 산들은 아버지 같이 믿음직스럽고 푸르른 산천초목은 진실함을 일러주는 스승님 같았다. "깨끗한 물은 물같이, 바람같이 살다가라 하네"라는 중국시인의 교훈을 떠올리게 한다.

우선 뽕밭에 가야지. 라면 봉지에 오디를 한가득 따서 내가 제일 좋아하는 사람은 누구일까 심판해서 선물해야지, 그리고 하얀 이를 시커멓게 물들이고 발갛게 그을린 얼굴에 때 구정물이 흐르도록 오디 이야기를 만들어야지. 아이들과 함께 지낸 사일리 교회는 어떻게 변했을까 궁금하다.

아이들 가르칠 자료가 없어서 온동네 다니며 달력을 얻어다 그림을 그리고 풀잎을 부치던 것을 한 번 재현하고 싶다. 아이들과 고기를 잡던 냇가에서, 아이들은 어디로 갔는지 알 수 없지만 이제라도 여전히 재빠른 고기 뒤를 뚱뚱한 몸으로 뒤뚱거리며 따라가고 싶다. 그리고 고무신을 놓쳐서 정신없이 허우적대던 긴장감을 다시 느끼고 싶어진다.

세라 복을 입었던 얌전한 아가씨가 아닌 푼수데기로 바뀌어 이집 저집 기웃거리며 아는 척 해야지. 이름도, 얼굴도 알지 못하는 아이들은 얼마나 컸는지 자꾸 캐묻고 수다를 떨어야지. 그러다 운좋으면 30대 젊은이를 만나면 "그때 나에게 오디 한 봉지를 갖다준 그 아이지"라고 하며 다그쳐 물을 수 있는 행운을 얻을 수 있을지, 아니면 아이 엄마가 된 여인을 만나, 그 아이 좀 찾아달라고 조르고 싶다. 시내 유치원에서 얻어간 집배원 가방을 메고 "시집간 언니가 내일온데요"라는 노래를 부르던 기억이 나느냐고 선생님처럼 질문 해야지…

그리고 해가 산 너머 제집으로 갈 때쯤이면 연기 나는 굴뚝 집을 찾아 가마솥에서 김이 모락모락 나는 보리밥과 호박잎, 된장찌개로 배불리게 먹고 돌아올 수 있었으면 얼마나 좋을까!

잠시
긴 여행

휴일 오후, 일이라는 터널 속에서 빠져나와 따가운 햇살을 이고 거리로 나섰다. 수많은 발길들이 어디로 저렇게 바쁘게 가는 것인지 괜히 궁금해졌다. 어느새 가로수들은 잎이 무성해져 마치 이발이라도 해야 할 것 같다.

시장 속에 끼어들자 입맛을 돋우는 산나물이며 채소들이 푸짐하게 놓여있었고, 생선가게 앞을 지나려니 세수를 말끔히 한 꽁치가 나를 기다리고 있었다.

어린 시절 유난히도 높았던 마루는 사내아이들과 전쟁놀이로 쓰이던 방공호였지만 유일한 식사장소로써 만찬장이었다. 꽤 오랜만에 올라온 꽁치 한 마리를 차지하기 위해 경쟁이 치열해지자, 한 마리 모두를 차지하기 못한 분함으로 마루를 껑충껑충 뛰며 대성통곡하던 막내 녀석이 어느새 교사가 되어 아이들을 가르치니 대견스럽기만 하다.

'그래, 오늘 꽁치를 사서 정성껏 준비해야지…'

또 내게 선택될 찬거리를 살피는데 보석처럼 빛나는 오디가 있었다. 냉큼 두 사발을 사가지고 집으로 향했다. 서두른 발걸음은 어느새 아주 오래된 먼 곳으로 달려가기 시작했다.

강원도 횡성군 서원면 사일리 시골 동네는 하늘을 찌르는 듯한 산이 병풍처럼 둘러 있고, 새소리와 온 산천을 뒤덮는 철쭉이 있고, 여름이면 고무신으로 고기를 잡던 유리알 같던 냇가가 있었다. 지금도 눈감으면 꿈처럼 와 닿는 시골 산야와 사람들이 그리워진다.

처음 개소한 농번기 탁아소에 아침이면 코흘리개와 오줌싸개가 다 모여와 신이 났었다. 나는 아이들과 녹색 들에 나가 강아지풀을 뜯고 산딸기도 따먹으며 "이건 뱀 풀이야"라고 식물들의 이름을 아는 대로 가르쳤다. 아이들은 잠자리와 메뚜기를 잡기위해 뛰어 다니다가 얼굴이 새빨갛게 그을리면 냇가로 데리고 갔다. 발 가벗고 물장구치며 신나게 놀다가 그만 신발을 놓쳐, 떠내려가는 그 신을 잡으려다 한 아이가 물에 빠졌다. 나는 그 아이를 물에서 건져내고 신발도 따라가 집어오느라 온 하늘이 노랬었다.

그 다음날 탁아소 수업을 끝내고 엎드려 책을 읽다가 그만 잠이 들었다. 그런데 누군가 부르는 꿈같은 소리에 잠에서 깨어나 창호지를 문을 밀쳤다. 한 사내아이가 마치 먹물에다 목욕이라도 한 듯 까만 얼굴에 하얀 이를 드러내고 서 있었다. 기쁨의 웃음을 가득 담은 아이는 등 뒤에 숨겼던 라면봉지를 놓고 도망쳐 버렸다. 얼마나 세게 쥐었던지 라면봉지 입구는 주름치마처럼 주름져 있었다. 라면봉지에는 오디가 가득 들어있었다. 그 오디를 보자 가슴은 뛰고 있었다. 따가운 햇살을 받으며 뽕나무에 올라간 녀석은 마치 곡예사처럼 따온 오디를 자신이 먹기보다는 내게 주는 것이 큰 기쁨이었나보다.

무수한 날들이 갔지만 여름만 오면 내 마음에 아름다운 사랑이 상처처럼 남아있음을 깨닫게 해주었던 아이다. 장날이면 뺑과자 사 오실 엄마를 기다리며 고갯마루를 돌아오는 버스를 보기위해 저녁노을에 비치던 그 모습이 생각난다. 하지만 이름도 기억하지 못한다. 지금쯤 무엇을 하고 있을까? 자연처럼 순수한 마음을 가진 그 아이는 뭐가 되었든 행복할 것이라는 상상을 해 본다.

햇볕이 유리창을 빠져나간 시간에, 예쁜 앞치마를 두르고 콧노래와 함께 차린 저녁 만찬에, 그 귀한 꽁치는 밥상에서 주인공 행세를 하건만 아이들은 안중에도 없다는 듯이 눈길을 주지 않는다. 옛날 나와 동생들이 밥상에서 꽁치 때문에 다투던 아련한 추억을 어떻게 설명해야 할지…

후식으로 오디를 내놓자, 남편은 나의 마음을 알기라도 하듯 즐거운 표정이다. 어느새 또 다른 추억으로 빠져드는 듯 했다. 그리고 입가에 보랏빛 수채화가 그려져 있어 우리는 마주보고 한 바탕 크게 웃었다.

노들강변 언덕 위에 잠든 전우

어린 시절 여자 아이들은 종이에 그린 인형이 볼품이 없지만 가위로 오려서, 종이 인형에게 아빠, 엄마 그리고 아기 배역을 정해, "여보, 당신"라고 부르며 천연덕스럽게 인형놀이를 했다. 나는 그걸 보면서 재미도 없지만 닭살이 돋을 정도로 유치해서 한 번도 그런 놀이 안 했다.

공깃돌을 주어와 공기놀이도 했는데, 손이 큰 애들은 공깃돌을 던져서 받을 때 훨씬 유리했다. 그것보다도 가만히 앉아서 하는 놀이라 왠지 소소해보여 그리 많이는 안 했다. 그런데 '땅따먹기'야 말로 아군과 적군이 진을 땅을 점령해나가는 것 같아 너무나 신이 나고 재미가 있어서 실제처럼 진지하게 놀았다.

내가 또 좋아하는 놀이는 '딱지치기'였다. 종이가 귀한 때였지만 어디서든 좋은 질의 종이를 구해와야만 했다. 최대한의 기술로 반듯하고 두툼하게 접어야 했고, 딱지의 기능을 알기 위해서는 내 딱지를 서로 번갈이 가며 연습을 해, 각 딱지의 상태를 파악하고 서열을 매겼다.

처음부터 아무거나 상대방 딱지를 공격하는 것이 아니고 종이의 재질이며 두께 등을 고려해 제일 우수한 딱지를 왕 딱지로 삼고 그다음은 대장 딱지로 구분했다. 힘이 약한 딱지서부터 점점 힘센 딱지를 내보내기 작전을 구사했었다.

이렇게 딱지싸움을 하다가 왕 딱지를 내밀어도 실패하면, 잠시 휴전을 걸어 내 책보에 든 반질반질한 교과서를 꺼내 겉장을 확 잡아뜯어 딱지를 접었다. 그리고 하늘로 쳐들었다가 내려쳤지만 야속하게도 상대방 딱지를 뒤집지 못해 결국은 내 딱지가 저쪽편이 되었다. 나는 모든 것을 잃어버린 패잔병처럼 고개를 떨구며 마치 술 취한 아저씨처럼 얼굴이 붉게 되어 마당가에 있는 수도꼭지를 물고 엄마 젖꼭지 빨 듯 배가 터지도록 물을 먹었다. 어쩌다가 딱지를 다 따는 날이면, 딱지를 가슴에 끌어안고 싱글벙

글 동네를 돌아다니며 묻지 않아도 보는 사람마다 딱지를 다 땄다고 자랑을 했다.

그러나 나는 뭐니 뭐니 해도 전쟁놀이를 많이 했다. 아버지는 6.25 당시 군에서 공을 세우신 업적으로, 전역을 하셨어도 언제나 군인처럼 진지하게 전쟁이야기를 해주셨다. 나는 사내아이들과 총을 만들기 위해 동네를 돌아다니며 적당한 나무를 주어와 톱이 없어서 부엌 식칼로 자르고, 돌맹이를 망치대신 사용했다. 총에는 방아쇠까지 만들어 그런대로 총 흉내를 내었고 칼은 쉽게 만들었다.

밤에 달빛은 우리가 전쟁놀이 할 정도로 훤히 비추곤 했었다. 아군과 적군이 두 편을 갈라 위채와 아래채를 서로의 아지트로 삼았다. 이렇게 전쟁놀이할 때면 우리 집 마루가 높기도 하지만 반 정도는 흙으로 채워져 있어서, 거기에 납작 엎드려 있으면 잘 못 찾는 곳이었다. 또 김장독을 묻고 짚으로 져놓은 볏짚 사이에 딱 붙어있으면 적군이 못 찾고 지나갔다. 그런데 우리가 하는 전쟁은 늘 아군이 승리하는 것으로 각본이 짜여 있었다. 왜냐하면 부모님들한테 승리한 이야기만 들었기 때문이다. 우리 아버지도 전쟁에서 승리하셨고 훈장까지 타셨으니 말이다.

옆 동네 아이들과 동네 싸움이 벌어지면 마치 수류탄을 던지듯 연탄재를 던지며 공격했다. 이 싸움에서 연탄재가 다 떨어지면 타다 남은 연탄까지 던져버려 얼굴은 새카맣고 눈만 껌뻑이고 있어서 마치 전쟁터를 방불케 했다. 연탄주인한테 불려가 실컷 야단맞고 집에 가서도 혼이 났지만, 슬프지 않았던 이유는 노는 재미가 쏠쏠했기 때문이다.

아버지는 버스를 타시거나 톨게이트를 지나실 때, 또는 병원에서 언제나 국가유공자증을 당당하게 내보이시며 나라를 위해 싸워서 승리했다는 부연 설명을 하곤 하셨다.

아버지는 전쟁을 치른 마지막 세대의 증표이자 상징인 훈장을 달고 찍으신 커다란 사진을 벽에 걸어놓으셨다. 그토록 오랜 세월 지겹게 듣던 수만 마디 전쟁이야기는 나의 뇌 저장고에 비축해두지 못했다. 이제 와서 "아버지 전쟁이야기를 해주세요"라고 최신식 스마트폰 녹음기를 내밀며 큰소리로 애걸했지만 "난 잘 안 들려"하며 눈을 감으시며 상념에 잠기셨다.

아버지가 하고 싶었던 무수한 이야기, 개인과 나라의 많은 슬픈 이야기들을 그 많은 세월 속에 다 떠나보내고 이제 영영 사라질 날이 멀지 않았다.

철부지
수재민

내게는 비와 연관된 슬픈 기억이 남아있다. 어린 시절 나는 영주역 뒤편에 '불바우'라고 부르는 아주 작은 야산 중턱에 살았다. 바위로만 뭉쳐진 산의 웅장함을 보면서 자연의 위대함을 알게 되었다.

움푹 파인 바위를 절구삼아 봉숭아 꽃잎과 고추장을 넣고 절구질을 하여 손톱에다 물들이고 기왓장을 바위에 갈아 메니큐어 대신 손톱에 발랐던 그 기술은 나를 멋지게 만들어주었다.

1961년 내 나이 여섯 살이던 어느 날 밤, 비가 얼마나 많이 왔는지 윗집은 이미 지붕만 보이고 있어 마치 만화 속에서와 같은 일이 벌어졌다. 우리 집 부엌에도 소리 없이 물이 쳐들어 왔다. 아버지는 어머니가 친정에 가시는 바람에 나를 깨워 색동한복을 입혀 산으로 피신시켰다. 산에 올라가니 어디서 나타났는지 무척이나 많은 물이 세차게 흘러 집도 떠내려가고 전봇대도 누어서 가고 있었다. 그런데 돼지가 꿀꿀거리며 떠내려가는 게 아닌가! 난 어찌나 우스웠던지 손뼉을 치며 깔깔거리며 웃었다. 그것도 색동옷을 입고서 말이다.

비가 그친 후 우리는 집에서 살 수 없어서 검정색 화물열차를 반을 나눈 공간에서 생활했는데, 기와집에 살던 나는 어찌나 좋았던지, 지금으로 말하자면 별장 같은 별난 집처럼, 신이 나서 임시로 만들어놓은 계단을 오르락내리락 했었다. 아버지가 외출하고 돌아오실 때면 비가 쓸고 간 땅에서 캐온 그릇이며 별별 것들을 다 가져오시고 어머니는 먹을 것과 내가 입을 옷도 가져오셨다. 나는 그 옷을 입고 패션쇼를 펼치며 너무나 좋아했던 특별한 집으로 화물열차가 느껴졌다. 오랜 세월이 지난 후에야 어머니가 수재민을 위한 위로 용품을 가지고 오셨다는 것을 알게 되었다.

'집이 없어 화물칸에서 가마니를 깔고 자식들을 잠재우는 어머니의 마음은 얼마나 아팠을까?'라는 생각을 하면 나를 매질이라도 하고 싶은 심정이다. 그때 먹을 것과 입을 것을 준 사람들의 예쁜 마음으로 이웃들을 마음껏 사랑하고 싶다.

웃음이 보약

나는 레크리에이션 강사로서 재미를 선사해야 하며 웃겨야 한다. 내 강의 시간에 어르신들이 박장대소라도 터트리는 날이면, 어르신들의 주머니에 든 사탕이 내 가방 속으로 날아 들어온다. 어르신들을 재미있게 해주었다는 답례로 받은 사탕을 다시 경로당에 밀어 넣으며 선심을 쓴다. 나중에 안 일이지만 어르신들은 입이 쓰기 때문에, 사탕은 늘 가지고 다니시는 필수품이었다.

입이 쓰다는 것은 침이 50% 부족해서 생기는 구강건조증이며, 65세 이상 되시는 분들 중에 30%가 노화로 인해 얻는 질병 중에 하나이다.

입이 쓴 어르신들에게 며느리가 반찬을 해준다면 입에 맞지 않는 게 어쩌면 당연한 일이기에, 자녀들에게 김장김치 해주려고 애쓰지 않기를 누차 당부하고 있다.

입이 쓰지 않게 하는 묘약이 있다면, 그것은 웃음이다. "웃자. 웃자. 억지로라도 웃자"라고 하며, 웃음에 대한 사회학이 달라지고 있다. 오죽하면 과거는 용서해도 웃기지 못하면 용서가 안 된다는 이야기가 나올 정도이겠는가? 방송매체에서는 웃기는 프로가 대세이고, 시청자들을 웃겨보려고 무던히도 애를 쓰고 있다.

침을 어떻게 만들어 낼 것인가? 여러 방법들이 있다. 예를 들어, 양손에 막걸리 사발을 들었다고 치고, 막걸리를 실제로 마시는 시늉을 하며 "막걸리~"라고 말한다. 그리고 고개를 뒤로 젖히고 "크~윽"하고 트림을 하면 침이 올라오는 것을 느낄 수 있을 것이다. 이러한 행동은 '위스키, 짠지, 오렌지'라고 해도 된다. 한바탕 웃으면 650개의 근육 중 231개가 움직여 에너지를 소모한다. 이러한 웃음은 침이 생기기도 하지만 근육운동이며 신체활동이기 때문으로 우리는 어떠한 웃음이라도 자주 웃어야 한다. 내가 웃으면 상대방 뇌구조도 기분이 좋아질 것이다. 웃음은 신이 내린 축복으로 우리에게 보약 중에 보약이다.

그녀 1

뒹굴던 낙엽도 이제 제자리를 찾은 듯 점잖다. 이렇게 을씨년스런 날, 빨래를 할 때면 키가 큰 내 친구가 생각난다. 내 작은 손으로 빨래를 조물거리면 나를 밀쳐내고 시원스럽게 빨래를 해주던 그 애는 굴러가는 나뭇잎만 보아도 까르르 웃으며 꿈을 키울 나이에, 곧 돌아가실 아버지 소원을 풀어드리겠다며, 중학교 졸업을 하고 열아홉에 시집을 갔다. 형편이 넉넉지 않은 집에서 칠 남매의 장녀였고, 시댁에 가서보니 남편은 팔 남매의 장남이었다.

종갓집 맏며느리로, 아직 어린 새댁의 몸으로 농사일을 하고,

10명의 시댁 식구를 섬겼다. 그녀는 2년마다 아이를 낳기 시작해, 딸아이 여섯을 낳았지만 종갓집이다보니 온갖 노력을 다 동원해 드디어 일곱 번째 아들을 낳자, 집안뿐만 아니라 온동네에 경사가 벌어졌다.

시집갔을 때 막내 시동생이 초등학교 입학을 했고, 시어른 모시랴, 시동생과 시누이 시집장가 보내랴, 농사일에 아이까지 낳느라고 정신없이 살아온 그녀는 자신을 위한 외출이란 엄두도 못 내었다. 하지만 드디어 동창모임에 처음으로 나서기로 했다.

아침 일찍부터 서둘러 조반을 짓는 동안 여느 날과 달리 부엌에서 콧노래가 그칠 줄 모르고, 거울을 보고 또 보고, 몇 번씩 옷을 갈아입어도 마땅치 않았지만 한껏 멋을 냈다.

버스를 타고 늘 지나다니는 길이었지만 이날따라 산과들이 새롭게 보였다. 부푼 마음으로 난생처음 레스토랑을 조심스레 열자, 결혼 후 처음 나타난 그녀의 등장에, 친구들은 반가워하면서도 눈은 위 아래로 두리번거리며 웃음이 가시지 않았다.

때아닌 나팔바지에 오백 원짜리 슬리퍼를 신고 온 그녀가 동창생들 눈에는 마치 낯선 나라에서 온 이방인처럼 보였다. 그녀의 신상소개 시간이 되었다. "12년 동안 딸 여섯을 낳고 드디어 옥동자를 낳았어"라고 웅변 하듯 자신 있게 열변을 토하자, 동창들은 일제히 폭소를 터트리며 한쪽에서 "야, 너! 유치원 원장해도 되겠다"라고 하자, 조금 전 기세는 어디로 갔는지, 그녀의 얼굴은 홍당무처럼 붉어졌다. 그 후로 그녀는 동창모임에 한번도 나타나지 않았다.

그녀 2

메뚜기 잡던 논과 밭은 어디로 갔는지, 다투어 올라가는 건물들 사이로 사람들은 분주하게 이리저리로 바쁘게 움직이고 있었다. 이처럼 변해버린 도심 한가운데 서서 시간과 공간을 초월해 과거를 줍고 있었다.

그런데 웬 낯선 여인이 웃음 지으며 다가온다. 뽀글거리는 머리에 커다란 보따리를 들고서 너무나 많이 변해버린 모습에 함께 공부했던 친구임을 간신히 알아볼 수 있었다. 짧은 만남은 긴 여정을 만들어 내었다.

칠남매 아이들이 등교할 때 마다 손을 내밀어 돈을 달라고 해서 그녀는 쌀을 팔러 나섰다고 한다. 시장 한 모퉁이에 자리를 용케 잡아 지나는 손님들에게 "쌀 사세요"라고 힘차게 외쳤지만 쌀은 아직 많이 남아 있었다. 돌아갈 차 시간도 얼마 남지 않았고, 그보다 내일 아침 아이들 손에 꼭 쥐여줘야 할 돈이 필요했다.

그때 어느 부인이 다가와 "쌀이 좋으냐"라고 묻자, "제가 농사지은 쌀인데요. 밥이 참 맛있어요"라고 강조를 하였다. "그럼 삽시다"라고 말하고 부인은 앞장섰고 친구는 배달해 주려고 쌀을 머리에 이고 뒤를 따라갔다. 얼마쯤 가다보니, 학창시절 친구들과 자주 찾아뵈었던 담임 선생님의 집이 있던 동네였다. 어느새 옛날로 돌아가 학창시절이 생각나고 정몽주의 시조를 자주 읽어주시던 국어선생님의 얼굴을 상상하며 바삐 따라가는데, 부인이 초인종을 누르자 대문을 열어주시는 중년남자는 다름 아닌 방금 그녀의 머릿속에서 맴돌던 바로 그 선생님이셨다.

대문과 집이 달라졌기 때문에 몰랐던 친구는 돌부처처럼 굳었고 침묵만이 최선의 방법이었는지 모른다. 사태 진압에 나선 부인은 "아까 오면서 선생님이 어떻고 하며 중얼거리길래, 이 동네에 선생하는 집은 우리밖에 없는데"라고 하면서 왔다고 남편에게 말했다. 놀란 표정을 지으시는 선생님은 잘생기고 호령하시던 모습은 누가 다 가져갔는지, 평범한 옆집 아저씨처럼 변하셨다.

그 부인은 "쌀값을 깎았더라면 큰일 날 뻔 했네"라고 하시면서, 그녀의 거친 손을 꼭 잡고, 솜사탕 같은 말로 칭찬과 위로의 말을 해주셨다. 그녀는 그 부인의 따뜻한 배려로 창피함과 부끄러움을 잊은 채 막차에 올랐다.

지금도 동네에서 그녀에 대한 칭찬이 자자하다. 시어머니가 살아계실 때 어디서 술이라도 드시면 그녀가 가서 업고 집에 모시고 오는 효부였다. 자녀들도 그녀를 존경하며 그녀의 고생이 헛되지 않게 잘 커주었다고 한다.

친구야, 새벽 4시에 일어나 도시락을 싸서 학교 보낸, 네 수고가 정말 기특하다. 힘찬 박수 보낸다.

커피

눈을 떴다. 이미 아침 햇살은 집안으로 들어와 나를 잠꾸러기라고 비웃는 것 같다. 이불을 걷어차고 팔을 양껏 올려 기지개를 펴자 곧 잠에서 빠져나온 시원함이 있었다.

오래된 현관문을 열자, 찬 공기가 기다렸다는 듯이 밀려들어왔다. 거울 앞에서, 헝클어져 있는 머리와 눈 모퉁이에 낀 눈꼽을 보면서도 날마다 마사지를 한 덕분에 한참 젊어 보인다는 생각이 들면서 괜히 기분이 좋았다. '우선 커피부터 한 잔 마셔야지'라는 생각으로 주전자를 가스레인지에 올려놓았다. 불을 언제나 뜨거웠지만 이 가을에도 더 뜨겁게 느껴진다. 누구에게나 호감이 가는 파란색 불꽃이 꿈틀거린다. 주전자의 물은 시간이 지날수록 살려달라며 아우성치듯 요란한 소리를 내며 끓고 있다. "오래 끓어야 커피가 더 맛있는 거야"라는 혼잣말을 하며 인고의 시간을 보내고 불을 끄자, 물을 다시 얌전해졌다. 그리고 커피 잔을 찾았다.

이천 도자기 공장에 갔을 때 갈대숲이 아름다운 가을 속에서 어느 작가의 갈색 커피 잔 두 개를 사가지고 왔다. 하루는 우리 식구 넷을 모두 차에 밀어 넣고 단양군 대강면 도예촌으로 갔다. 그곳에 이르자 여러 공방을 둘러보고, 너무 구운 것 같은 진한 밤색을 찻잔을 식구 수대로 사왔다. 또 인사동에서 찻잔 두 개를 사들고 청량리에서 6시 기차를 탔다. 마침 내가 아는 얼굴들이 있어서 짐 보따리를 풀어 작가의 작품이라며 선을 보이자, "이게 무슨 작가의 작품이야"라고 빈정대는 이도 있었지만, "어머, 이런 찻잔을 사다니, 넌 역시 분위기가 있는 여자야"라고 목소리를 높여 칭찬하는 친구도 있어서 살맛이 났다.

잔을 골라 커피 한 스푼을 넣자 마치 삽으로 모래를 뜨는 것 같은 아련한 추억이 떠올랐다. 충주에서 퇴근을 하려고 버스를 타고 박달재를 넘다가 하얀 눈이 무서워 정상에서 버스는 멈추어 서고 말았다. 새하얀 밤, 흰 나무 가지에 옛사랑이 걸려 있었다.

흰 눈과 같은 설탕과 우유빛 크림을 넣자 검은 모래 같은 커피가 희석되었다. 그렇게 모든 것을 잊은 듯이 희미해지는 것이다.

커피를 한 모금 물고 하늘을 올려다보자 푸른 하늘 속에서 유유히 떠다니는 하얀 구름이 평안을 말해주고 있었다. 커피를 씹어 삼키며 "인내는 쓰다"라는 말을 가슴에 새겼다.

놀이 구경

부유한 집이 아니었지만 무엇인가 배우고자 했던 열망은 있었다. 그저 돈 안 드는 것이면 덤벼들어야 했다. 자전거를 배우기 위해 운동장에서 동생들이 밀면 몇 바퀴 돌다가 스스로 넘어지는 연습을 하다 보니 멈추는 것도 터득했다.

드디어 도로로 진입해 첫 운행에 들어가자마자 노점상을 들이박고 포장마차로 들어가는 게 아닌가? 무서움에 떠는 나에게 그 분들을 "안 다친 게 다행이다"라고 하시며 용서해주셨다. 그 이후로 아침이면 자전거를 타고 도매상에 가서 어머니 문구점의 물건을 떼다 주고 학교를 가느라, 무척 바빴다.

옆집 고등학교 오빠한테 기타를 배웠는데 양희은의 '너의 침묵'을 기타로 배우는 기분은 참으로 오묘했었다. 한 곡을 배웠지만 마치 다 배운 것처럼 많은 이들 앞에서 노래와 함께 폼을 잡았던 '폼생(生)폼사(死)'였다.

또 냇가에 얼려놓은 스케이트장을 보고, 나는 그곳의 주인이 되고 싶어서 스케이트를 빌려 얼음 위에 섰지만, 홀로서기란 마치 험난한 인생살이와도 같이 쉽지가 않았다. 서려고 하면 자빠지고 또 자빠지고, 칼날 위에 홀로 선다는 것은 마치 외로운 곡예사와도 같았다. 아픈 만큼 성숙한다고, 수없이 넘어지다 보니 나도 설 수 있는 기회가 왔다. 커다란 스케이트장을 서너 바퀴 돌고 나니

내 심장은 마치 천하를 얻은 것처럼 뛰고 있었다. 내 나이 50이 넘어 스키를 배우는 데 성공할 수 있었던 마중물인가 싶다.

여자가 태권도를 배우지도 않던 시대에 왜 태권도를 하고 싶었는지 모르겠다. 아무튼 호기심이 발동해 도장 문을 열고 들어서자, 남자들의 전유물이었던 그곳에 마치 괴한이라도 나타난 듯 다들 놀라는 기색이 역력했다. 전원이 남자인 것은 다 아는 사실이지만 거기에 미군들도 있어 대련할 때면 난 방어만 하는데도 무척이나 힘들었다. 미군부대로 태권도 시범을 보이러 가서, 부대 안

에서 지프차를 타고 돌며 구경을 하고, 난생처음 미제 과자를 먹어보는 것에 너무나 신이 났었다. 이렇게 배운 태권도를 어디에도 써먹을 기회는 없었다. 술을 잔뜩 먹고 들어오는 남편을 후려칠 수도 없었고... 하지만 이제 나의 강의시간에 기압을 넣어가며 태권도를 하면 아이이건 어른이건 모두 기운 나게 할 수가 있다.

태권도를 배울 즈음에 오전에는 탁구를 배웠다. 그때만 해도 탁구대가 그리 흔치 않았지만 교회에 탁구대가 있어 온몸을 다해 전후좌우로 뛰고 순발력을 발휘해 열심히 뛰다보니, 공을 돌리는 기술까지는 못되어도 그런대로 경기까지 치를 수 있었다. 이렇게 배운 하찮은 탁구실력으로 공무원 직장대회에 여자선수로 갔다. 그때 경기는 어떻게 되었는지 기억에 없지만 내 역사에 길이 남을 사건이다.

남자들은 비가 추적추적 내리는 날이면 부침개와 소주 한 잔을 그리워하듯 나도 그런 날이면 당구 한 게임이 생각날 때 있다. 내 친구 진순이가 당구장 집 딸인 덕분에 나도 그녀와 함께 당구 잘 치는 여자가 되어, 120을 놓고 칠 때면 여자가 당구를 친다고 보러오는 이들도 있었다. 당구에 미치면 소도 팔아먹는 다더니, 내가 그 짝이었다. 밥상 앞에만 앉으면 젓가락을 검지에 끼고 밥

알을 튕기며 당구치는 흉내를 내었다. "미치면 된다"는 진리를 온몸으로 배웠다. 이렇게 당구 치고 싶은 날이면 남편이 친구들을 보내서 게임을 하도록 했고, 직장에서는 남자직원들을 이기고 나면, 부장님은 퇴근시간에 나에게 남으라며 도전장을 내밀어서 내 코를 납작하게 눌러 놓곤 했었다.

배드민턴공을 내가 힘껏 쳐서 공이 하늘을 날으면 마치 내 꿈이 날으는 듯한 경쾌함을 자아냈다. 라켓을 위로 칠수록 공을 높이 올라가지만 멀리 가지 못하며, 앞으로 내밀면 좀 더 멀리 가나 높이 올라가지 못한다는 원리를 배우며 온몸으로 뛰었다. 그때는 운동이란 개념보다는 호기심의 자극이었던 것 같았다. 피아노도 배우고 싶었지만 학교에 월납급도 못 내어 절절매는 판국에 엄두를 낼 수가 없었다. 피아노란 좀 살만한 집 애들이 배우는 부유함의 상징이기도 했다. 스무 살 즈음에, 내가 번 돈으로 중학생에게 3천원의 레슨비를 내며 배우러 다녔다. 집에 피아노가 없으니 실력이 늘기도 어려웠지만, 나름대로 악보에 눈을 뜨기 시작했다. 아무리 중학생이라도 선생님에 대한 예우로 3천원을 넣은 봉투에 "선생님, 수고하셨습니다"라는 인사말은 잊지 않았다. 하지만 시골로 발령을 받고 나서 내 피아노 꿈을 사라지고, 다시 면소재지로 와 결혼을 하게 되었다. 남편은 마을을 샅샅이 뒤져 피아노 치는 한 남자 분을 찾아내 내가 레슨을 받을 수 있도록 했지만, 아이를 낳으면서 피아노와 다시 이별을 하게 되었다. 이제 어눌한 손이지만 주름진 손가락으로 건반을 두드리며 배운 것만도 행복해하며, 가끔은 우리 집에서 피아노 울림을 낸다.

배우고 싶었던 아코디언도 수건을 뒤집어 쓴 채 잠만 자고 있고, 단소가 그토록 좋은 악기라고 하시던 고(故) 김성수 선생님의 조언도 잊은 채 늘 아리랑만 연주하고 있다. 오카리나도 나의 장식품으로 모셔두고 있다. 제대로 하는 게 없는 나의 태만이 가져다준 결과이다.

이제 정녕 나는 무엇으로 노래를 해야 하는 가! 삶이 이런 거라고...

제3시대

남자에게 융숭한 대접을 받았다고 하면, 젊은 시절 학교나 직장에서 돌아오면, 밥과 된장찌개가 연탄 부뚜막 위에서 나를 기다리고 있었다는 것이다. 어머니는 가게에 나가시면서 두 살 어린 남동생에게 수고한 자에게 마땅히 베풀어야 한다는 잔소리를 하셔서 남동생이 차려놓은 식사였다.

여자가 문밖으로 나다니는 것을 환영받지 못한 시대였지만 어머니는 놀러 다니는 것마저도 일과처럼 여겨주셨다. 궁핍한 살림에도 놀러 갈 때면 자장면 해 먹으라고 우동국수를 사서 들려주셨던 협조자이셨다. 어머니는 여자라도 큰일을 하려면 그저 모나지 않고 둥글게 살아야 한다는 이론을 지니셨다.

두 동생인 사내아이들에게는 별 관심이 없었지만 딸인 내게는 7천 5백 원이란 거금을 투자해 양장점에서 옷을 애써 맞추어 주시고, 후렴으로 "여자는 치마를 입어야 해"라고 하시면서 바지 입기를 거부하도록 세뇌를 시키셨다. 함께 길을 가다가도 손에 든 짐의 모양새가 허술하면 당신이 드셔야 하고 난 폼 나게 보이는 것을 들게 하셨다.

걸음걸이가 느린 나에게 속 터진다며 걷는 게 아니라 뛰어다녀야 한다고 재촉하셔서, 난 서른이 넘어서도 바쁘지도 않은데 뛰어다니는 자신을 발견하고, 느린 걸음으로 다시 되돌아갔다. 딸에게 밥상을 차려 주다가도 어머니는 딸이 맡은 집안일을 하지 않으면 호되게 야단을 하셨다.

여자인 나를 놓고 남자 이하로 취급하신적인 한번도 없으셨지만, 여자는 여자이어야 한다는 것을 무던히도 강조하셨던 어머니는 여성적인 매력을 지니신 분은 아니셨다. 그저 살기에 급급하여 발을 동동거리시며 뛰어야 했고 멋이라고는 찾아볼 수 없는 어머니이셨다. 하지만 어머니는 내게 공주처럼 살기를 바라셨다. 그러면서도 내면은 강한 의지와 용기를 가지기를 원하셨다. 마치 용사처럼 당당하게 살기를 원하신 것이다.

그러다 난 결혼 후에 새로운 여자로 살았다. 아무리 남편이 늦게 귀가해도 자거나, 졸거나, 눕지 않고 기다리다가 남편을 반기는 순종파였다. 하지만 시간이 지남에 따라 똑같이 퇴근해, 남자는 영웅처럼 TV앞에 앉아 느긋한 시간을 보내고, 직원 회식도 마다하고 서둘러 집에 돌아와 세탁기가 없어, 손빨래에 많은 시간을 투자해야 했으며, 곤로 불에 밥을 하고, 때로는 물이 부족하여 소방차로 공급해주는 물을 받기위해 긴 줄을 서야하는 등 분주하게 움직여야 했다.

그런데도 남편은 이런 나에게 "빨래해라, 밥해라, 청소해라"며 목소리를 높여 잔소리를 했다. 일찍이 서당 선생님 모시고 살아왔으며 유교사상에 길들여진 남편 앞에서 이런 현실이 너무나 억울해서 '남녀평등을 외치던 운동권 아줌마'는 결국 시위의 깃발을 내려놓는 실패를 했다.

다시 원위치로 돌아가 이전처럼 살기로 하자 평온은 다시 시작되었다. 그게 바로 마음을 비운다는 학습이었다. 그러나 시간이 지남에 따라 남편은 여느 남성들처럼 여성의 고유권한인 주방을 무단으로 침입하여 혼자 밥을 차려먹고 청소까지 하는 별수 없는 남자였다.

할아버지, 남편, 삼촌, 아들, 남자들만 먹는 밥상에 쌀이 더 많이 섞이고 반찬도 더 나은 것으로 먹었던 차별된 식사문화가 있었다. 또 남자형제들에게 떠밀려 한글도 깨우치지 못하고 공장으로 전전하며 돈을 벌어 학비에 보태던 때가 있었던 것처럼 세상은 변하고 있다.

난 가끔 이런 꿈을 꾼다. 예전처럼 남편은 돈을 벌고 아내는 집에서 육아와 살림을 하고 소외된 이웃을 위해 봉사하는 제도 말이다. 예를 들어 여자의 수입이 남성에게로 옮겨가면 남성의 궁핍이 줄어들면서 결혼도 늘어나고 아이도 더 많이 낳지 않을까 하는 생각이다. 그러면서 범죄도 줄어들 것이라는 기분 좋은 상상을 해본다.

아버지

아버지의 인생에 있어서 최고의 순간이라면 아마도 6.25전쟁에서 빗발치는 총탄에도 살아남으신 기적과 나라를 위해서 싸워서 승리했다는 자부심과 영웅심을 가지게 되었을 때이다. 하지만 빗발치는 총알 세례 속에 피를 뿌리며 죽어가는 전우들을 기억해야하는 슬픈 마음도 가지고 계실 것이다.

젊음을 바치고 난 전역군인의 주머니는 비어있었다. 그래도 때로는 택시를 태워 자장면을 사주시고, 라디오를 사 오셔서 이웃집까지 놀라게 했고, 오징어도 한 축씩이나 들고 오셔서 어머니의 속 터지는 잔소리를 들어야만 했다. 나 역시 어린 눈대중이라도 형편에 안 맞는 행동이라 평가했었다. 줄무늬 양복에 검정색 중절모를 쓰신 아버지는 핸섬하시고, 돈도 쓸 줄 아시고, 폼도 잡을 줄 아셨던 분이었다는 것이 내 유년시절의 기억이다.

내 뇌리에 장치되었던 이런 아버지의 과거의 형상은 마치 지우개로 지워버린 듯, 겨울나무의 앙상한 가지처럼 멋과 풍요가 사라지고 인색함이 드리워져 있다. 90세가 넘은 연세지만 목소리나 패기는 아직도 고속력을 지녔고 군의 행진처럼 전진태세다. 검게 그을린 주름사이에서도 아직도 늙음을 깨닫지 못한 채 만년의 인생처럼 느끼게 하신다.

환갑을 지나고서야 운전을 배우시고 또 포크레인 기사(굴착기 전문기사)에 도전하셨지만 알지 못하는 영어에 밀려 어쩔 수 없이 포기를 하셨다. 하지만 일본으로 건너 가셔서 유창한 일본어로 외화를 벌어들였고 시멘트를 자르는 전기톱을 사와서 시멘트 건물에 창문을 내기 위해 전기톱으로 잘라내는 기술자로 거듭나셨다.

어머니는 공사일 홍보를 위해 공사장을 다니시며 스티커를 뿌리시면 아버지는 견적을 뽑고 어머니는 인부들을 투입시키는 선발대원이셨다. 건물에 필요로 하는 면적을 뚫고 나서 건축쓰레기를 버려주고 그 속에 들었던 철근까지 팔아서 돈으로 변하고, 이래저래 이중삼중의 수입이 되었고, 건물에 달린 간판도, 버려지는 냉장고도, 아버지 손에만 가면 통장에 무게가 실렸다. 어머니는 아파트에 일하시는 경비원들에게도 늘 친절하시고 조그만 한 것도 나누려 하는 습관 때문에 경비원들도 이사하는 집들에게 사전 홍보해 이삿짐을 옮겨주는 일들은 자동으로 이루어졌다.

이제는 아파트에 사시며 사 놓으신 이층집에서 집세도 들어오는데다 연금을 받으시지만, 통장에 높아만 가는 숫자가 곧 오락이자 유희이며 삶의 목적이시다. 먹는 것과 입는 것이 아깝고 목욕비, 난방비까지 아끼시니 밥 사줄 친구도 없을 뿐더러, 여행 따위는 꿈꾸지도 않으신다. 즐길 수 있는 어떤 것도 본인과는 전혀 상관 없는 일이다. 구두쇠 영감님 짠 주머니에서 돈이 나올 리 없자 몰래 가져다 쓰시는 어머니는 엄밀히 말하면 도둑이시다.

하지만 자식들이 어려운 일이 닥치면 그토록 아까운 돈이지만 마음 아파하시면서도 베푸시는 다른 모습을 보이신다. 언제나 달라질 수 있을까? 90세를 넘기신 연세에 아직도 아버지의 트럭은 마냥 바쁘다. 돈이 전부인 것처럼 사시는 아버지의 인생이 너무나 가슴 아프다.

아버지가 흘리신 단 한마디 "새살림을 시작하고 집이 없어서 좀 그렇겠다"라는 말씀은 아들들에게 집 한 채씩 주고 싶다는 유언으로 들려진다. 우리 아버지의 인생은 무엇일까?

아이들

난 잠을 자다 생각해도 웃음이 나고 신난다. 한동안 "아들딸 구별하지 말고 둘만 낳아 잘 기르자"며 대대적인 홍보를 했고, 둘 이상 낳으면 의료보험이 안 되고, 심지어 승진까지 지장을 받는다며 야단을 쳤다. 그런 보건요원의 설득력에도 무너지지 않고 나는 계획을 실행에 옮긴 용감한 여자다. 세 아이를 두면 무식하다는 말까지 나왔던 때가 그리 오래되지 않았다.

우리 집 아이들은 각기 다른 재능을 가지고 있어서, 세 가지 프로그램이 재미있게 돌아간다. 집에서 남편의 별명은 '각하'이고 나는 '각시'이며, 세 아이의 이름을 대신하는 애칭이 있다.

큰딸 (지혜의 왕)

내 인생에 있어서 여성의 임무를 수행하게 해주었고 처음으로 엄마라는 딱지를 붙여준 공로자다. 어려서부터 떠들어대거나 덤벙거리지 않는 부친의 성품을 닮아 매사에 신중하고 좋고 그름을 몸밖으로 표현 해내지 않아 아이의 마음을 알아 가는데도 인내가 필요했다. 책을 할부로 사주면 그 책값을 갚기도 전에 다 읽어버려서 책을 사주는 것도 버거울 때가 있었다.

큰딸은 책에 관심을 보이더니 결국 성균관 대학교 문헌정보과에 합격을 해서, 내게 그 소식을 전화로 알릴 때, 기분 좋은 충격에 청심환을 먹기도 했다. 코이카(KOICA)에 선발되어 큰딸은 파라과이에 가서 2년 동안 도서관에 새 기초를 닦아주는 큰 역할을 해내었다.

언제나 가고자 하는 길이 있으면 흔들리지 않는 고집이 있다. 고3 때는 졸음이 올까봐 점심을 싸가지 않았고, TV 코드도 절단시켜놓았고, 명절 때 도서관과 독서실이 모두 문 닫으면 학교에 가서 문 열어 달라고 하는 열정을 가지고 있다. 또 내가 배울 점이 있다면, 부아가 치밀 때 아이들을 야단치는 나와는 달리, 딸아이(손녀)한테 잘못을 하면 왜 안되는지에 대한 논리적 사고로 이해시킨다. 난 이 딸을 향하여 금과 은보다 더 귀한 솔로몬과 같은 지혜를 염원하고 있다.

사위 (별)

난 원래 별을 좋아 한다. 사위라는 호칭 대신 '별'이라고 부르고 있다. 큰딸아이 졸업식 때 여러 친구들이 꽃을 건네주는 과정에서 특별한 행동을 보이지 않았지만 '혹시 우리 딸 배필이 아닌가?' 라는 나의 예언이 적중하듯 내 사위가 된 것이다.

언제나 차분한 목소리에 공손한 태도로 말을 건네며, 내면을 확실하게 드러내지 않는 은은함 때문에 '별'이라고 한다. 식당을 드나들 때도 언제나 문지기처럼 마중과 배웅으로 최고의 손님을 모시듯 하여, 마치 내가 직장에 상관인가 하는 착각에 빠지게 하는 기분 좋은 친구다. 그간 살아온 과정은 알 수 없지만 반듯한 가정에서 잘 자라 준 사위, 별처럼 언제나 우리를 지켜주기를 기대한다.

“그리고 예쁜 손녀 해인아, 아직 너의 새로운 이름 못 찾았어, 멋진 이름 기대하길 바란다.”

둘째 딸 (선두주자)

큰딸아이의 이름을 ‘은혜’라고 하고 나니, 둘째는 아들을 낳아 ‘충만’이라고 하고 싶은 욕심이 생겼다. ‘은혜, 충만’하면 한꺼번에 두 명이 다 내 앞에 나타나리라는 생각을 하니 입안에 침이 고이기 시작했다. 그래서 그날부터 아침금식 100끼 목표와 함께 실행에 옮겼고, 내 확신에 따라 주변인들은 이미 충만이 엄마로 부르고 있었다.

그런데 아이울음소리와 함께 딸아이가 태어난 것을 아는 동시에 세트로 짜여진 이름은 수포로 돌아갔다. 내가 다시 깨달은 것은, 둘째는 내게 주어진 축복의 딸이라는 것이다.

둘째는 언니와 다르게 활발하여 곰 인형에게도 마치 모노드라마 하듯이 진지하게 언어를 구사하는 타고난 연기력이 있었다. 딸

아이가 다니는 고등학교에 일일교사로 가게 되어 교단위에 서자 다름 아닌 내 딸아이가 선생님께 경례하는 게 아닌가. 독서실에 가면 언제나 자거나, 먹거나, 없거나 했던 아이가 반장이라는 사실이 의아했지만 그것 보다 더 이상한 건, 가슴에 달린 명찰에 '최고은'이라고 되어 있어야 하는데, '최우고은'이라는 넉자의 이름이 새겨져 있었다. 수업을 마치고 알게 된 사실은 자신의 이름에 엄마의 성도 들어가야 한다며 이미 학교에서는 그 이름으로 유명세를 탔었다는 사실이다. 반에서 2등하는 반장이다.

나는 다른 학부형들에게 그들의 자녀들이 반장이나 전교회장 선거에 필요한 유세원고를 여러 차례 써 주면서도 은근히 질투가 났었는데, 내 아이도 반장이라는데 쾌재를 불렀다. 뛰어난 리더십으로 영화동아리를 만들더니 결국 영상연출을 공부하고, 지금도 무거운 카메라를 메고 영상을 찍으며, 며칠이고 영상편집으로 밤샘하면서 영화와 같이 산다. 딸아이가 만든 독립영화에 이 못난 어미 사진이 실려 기분이 참 괜찮았다. 난 그 영상세계에서 선두주자가 되기를 기도하고 있다.

아들 (하나님의 기쁨)

내 나이 38살에 아이를 낳는다고 하자 많은 이들이 걱정과 함께 관심도 많았다. 그 이유는 '과연 원하는 대로 아들을 낳을까?' 라는 궁금증이었다.

마흔을 바라보는 나이에 문득 돈은 나중에 벌어도 되지만 아이는 지금 나아야한다고 생각하니 마음이 급해졌다. 그래서 10년을 넘게 다닌 직장을 하루아침에 사표를 내던지고, 인공수정도 해보았지만 실패를 했다. 그러다가 드디어 아들을 낳자, 구름위를 걷는 것 같았다.

이 아들이 세 살 되던 해, 유선방송에서 음악만 내보내줄 때다. 밤낮으로 계속 음악만 틀어달라고 보채고, 거리에 울려 퍼지는 노래에 흥겨워 그냥 지나치지 않으며 춤이라도 추어야 직성이 풀리는 아이었다. 고사리 같은 손으로 전선줄로 핀 마이크를 만들어 가수 조성모 흉내를 내었고, 다섯 살 때는 드럼에 반했고 한때는 단소와 장고를 배워 공연도 했다. 초등학교 5~6학년 때는 서울 예술의 전당에서 크리스마스 캐럴 뮤지컬 공연하러 매일 학교에서 조퇴를 하고 밤늦은 시간에 돌아와도 지칠 줄 몰랐다. 하루는 제천에서 부는 치마 바람이라며 스포츠조선일보에 모자의 이름이 실리는 일도 있었다.

아들은 군악대를 거쳐 기타를 전공하며 피아노와 색소폰을 드나들며 한번도 마음에서 음악을 떠나 본 적이 없는 음악인생이다. 그 아이가 하나님의 기쁨이 되기를 소망한다.

나
땀났다

지금까지 시내중심가에서 줄곧 살았다. 대문 밖을 나서면 필요로 하는 병원, 은행, 시장 등이 옆집처럼 즐비해 있었다. 내가 요지에 살고 있다는 것을 스스로 자랑스럽게 여기고, 변두리나 시골에 사는 이들을 향하여 '왜 여기서 살까?'라는 생각을 하며 내 편안함에 대비해 차별을 해왔다.

그러나 시골로 이사를 하고나서 내 일상에는 많은 변화가 있었다. 게으른 여편네가 자꾸만 이른 아침에 눈을 뜬다. 투명한 아침이 창문으로 들어와 잠을 깨운다. 햇살도 함께 들어와 거실에서 그림을 그리는 게 아닌가! 밤이면 달도 별도 내 방까지 찾아왔다.

다닥다닥 붙어 있는 집의 지붕들은 하늘을 덮었고, 담은 최대한 높이 세우고, 대낮에도 불을 켜고 살면서, '편하다. 편리하다'라는 생각을 하며 행복하게 느꼈던 집을 떠올리자, 답답함이 엄습 해온다. 비나 눈이 오는 것을 잘 인식할 수도 없는 집이었다. 밤하늘의 별을 맞이할 여건도 아니었고 햇살과 친하지도 않았다. 입시생인 아들이 기타로 맹연습을 하면, 이웃사람들 언성에 주눅이 들었지만, 밤이라야 음악이 잘된다는 고집에 아들과 전쟁을 치렀었다.

추운 겨울이 지나자 땅따먹기 하듯 금을 그어 농사라는 거대한 사업을 시작하였다. 공직생활을 마친 사회 초년생인 남편에게 농사란 그저 평화로운 그림에 불구한 상태였다. 고추서부터 20여종의 씨를 심고 모종을 하는 흙과 인연은 시작되었다. 차츰 땅에서 잉태하는 잎사귀를 보며 "배추일까? 무일까?" 퀴즈게임을 하면서 입에서는 생전 안 쓰던 용어들이 오가고 있었다. 내가 만난 60년 동안의 봄이 아닌 새롭고 신비스러운 봄의 향연을 맞이하고 있다. 생물들도 사람의 얼굴과 뇌가 다 다른 것처럼, 모양이 다양하게 자라났다. 긴 가뭄에 채소와 곡식에 물을 나르는 남편은 "아이고,

밭이 집과 멀었으면 어쨌을까?"라고 하며 안도의 숨을 쉬곤 한다.

슈퍼에 가자, 각종 채소들이 우리 집 농산물과 전혀 다른 미끈한 모습을 하고 만반의 준비로 손님을 맞이하고 있다. 우리 집 밭에 전시되어있는 구멍 난 배추, 못생긴 무, 꼬부랑 할머니 같은 가지 등 폼 안 나는 채소는 하나도 없었다. '외모를 추구하는 현실과 별반 다를 바가 없다'라고 되뇌며 "어쩜 나를 그렇게 닮았냐! 우리는 보기보다 내면이 중요한 거 알고 있지"하고 하며 우리 집 채소들에게 엄지손가락을 치켜세웠다.

아침에 눈을 뜨자마자 바가지를 들고 밭으로 가서, 원기회복과 항암식품, 고혈압에 좋다는 가지를 제일 큰 놈으로 선발하고, '비타민A와 오메가3라고 하는 호박과 나의 체지방과 지방을 연소시키는 고추를 따야지'하고 비 맞은 중처럼 중얼거리며 수확을 한다. 우리 집에도 채소 슈퍼마켓이 있다. 손만 닿으면 내 것이 되는 이런 멋을 누가 알까! 하늘을 우러러 보며 어깨가 으쓱해진다. 무치고 볶고 분주를 떨며 밥상을 차리고 보니 상 주인공들은 "나는 유기농이야"하고 폼을 잡는 게 아닌가. 평소 비싸다는 이유로 별 관심을 갖지 못했던 유기농 채소들은 먹는다는 생각에 교만한 마음까지 든다.

인간의 지혜가 뛰어나 농산물까지도 크기와 모양, 색깔조차도 조작해내는 위대한 기술을 가지고 있다고 함성을 지르고 있지만, 그 이면에 인간에게 주는 병폐도 따라 다닌다.

열무를 솎아 삶고 상추를 따다 누구에게라도 주려니 흙투성이라 열 번씩 씻다보니 노동이란 생각이 머리에서 떠올려진다. 그리고 '못 생긴 이걸 갖다 주면 좋아할까?'라는 갈등이 생기면서, 그동안 무심코 얻어먹었던 삶은 나물, 고추, 상추들이 정말 소중한 것들이었음을 깨닫게 된다.

계산을 잘 못하는 농부는 아욱을 조금 심은 것 같은데 무척이나 많이 자랐다. 그래서 나의 지인들 중에 다섯 명을 선발해 아침부터 아욱 잎을 따기 시작했으나, 서투른 실력에 점심나절까지 따면서, 농부의 고충을 체험하는 첫 경험이었다. 이윽고 뒷목덜미에 이상한 느낌이 와서, 나의 뇌는 손을 그곳으로 가져가 보라고 하는 게 아닌가. 분명히 이건 땀이라는 거다. 콧잔등에서 땀방울이 솟아나고, 이마에서도 흐르는 땀을 수건으로 계속 닦게 되었다. 내 신체에서 이변이 일어난 것이다. 내가 꿈꾸던 땀방울이다. 웬 호들갑이냐고 하겠지만, 한 여름이 되어도 땀이 나지 않아 분바른 얼굴이 뽀송뽀송한 나를 보고 여러 여인들이 부러워했었다.

하지만 나는 그 땀이 부러워 찜질방에서 천 번을 뛰었던 적도 있었다. 땀을 밖으로 내보내지 못해 여름만 되면 눈이 붓고 목과 팔이 부어올라 햇볕을 무서워했던 증상은 사라졌다.

앞마당에 채송화, 백일홍 등을 심어놓자, 이웃들이 꽃보다 예뻐 보이려고 하는지, 아니면 예쁜 꽃과 친하려고 그런지, 연신 '찰카닥' 사진 찍는 소리가 울리는 꽃 잔치를 연다. 봉숭아 꽃잎을 따다 손발톱에 물을 들이는 과거로 돌아가고, 마음에도 분홍 물을 들인다.

시골 생활에도 남다른 철학이 있다는 것을 깨달으며, 오늘의 양식을 주신 하나님께 두 손을 모우며, 땀 흘린 농부에게도 감사드린다고 기도한다. 오늘 음악하는 아들 녀석 기타소리는 주저함없이 음악여행을 떠난다. 밤 열두시를 바라보고 있지만 나의 어눌한 손가락은 피아노를 두드려댄다. 아무 거리낌 없이... 행복함도 알며 땀도 배웠다.

여우야,
여우야,
뭐하니

뜨거운 태양도 하루일과를 마치고 퇴근을 하려고 산너머 제집으로 돌아가면서 흰빛마저도 다 가져가버렸다.

어두움으로 변신한 무대에 밤공기를 가르고 "여우야, 여우야, 뭐하니" 라는 소리가 들렸다. 익숙했던 그 소리를 생각해내는 전두엽 기능이 움직이면서 친근감까지 느껴졌다. 청각을 지휘하는 측두엽은 밖으로 날을 세우고 세대를 무시한 채 함께 놀고 싶은 충동이 일어났다. 하지만 갑작스런 전화벨소리는 내가 해야 할 바쁜 일들을 상기시켜 주어서 결국은 문지방을 넘어서지 못했다.

커다란 달빛 아래서 사내아이들과 "여우야, 여우야, 뭐하니?"

"잠잔다" "잠꾸러기" "무슨 반찬? 죽었니? 살았니?" "살았다"라고 하면서 서로 주고받으며 놀았던 기억이 난다.

요즈음 아이들은 무엇을 하고 놀까? 이야기보다는 휴대폰으로 서로 문자를 주고받을 뿐이다. 문자로 "놀자"하면 "난 학원에 갔다가 피아노도 가야해. 나도 놀고 싶다", "우리 집에 놀러오면 안 돼! 우리 엄마한테 혼나"라는 답장을 보내는 것이 일상이다. 요즘 아이들은 사람이 아니라 컴퓨터에 매달려 재미를 느끼고 있다. 이런 현실은 경제와 문명의 발달로 정보화 시대의 특별함 속에서도 인간미를 압수당하는 병폐를 초래하고 있다.

내가 어린 시절에는 텔레비전이 없어도 모여앉아 놀이를 개발해 함께 놀았고, 밤에 멍석에 누워 "이건 북두칠성이야, 저건 은하수고"라고 하며 "푸른 하늘 은하수 하얀 쪽배에"라는 노래를 하며 손 유희를 했다.

하늘나라 목동인 견우와 옥황상제 손녀인 직녀가 사랑을 해서 자기 일을 게으르게 하자, 화가 난 옥황상제는 견우는 은하수 동쪽에, 직녀는 서쪽으로 떨어트려놓아 서로 그리워하게 만들었다. 견우성과 직녀성은 서로 사랑하지만, 은하에 다리가 없기 때문에 만날 수가 없어 회포를 풀길이 없다. 견우와 직녀의 이 딱한 사정을 알고 해마다 칠석날이 되면 지상에 있는 까마귀와 까치가 하늘로 올라가 몸을 잇대어 은하수에 다리를 놓아 준다는 이야기를 주고 받았다.

우리들은 이렇게 밤에 함께 누워 별 잔치를 벌이고 과학자가 되는 꿈을 꾸곤 했다. 눈앞에 보이는 꿈이 아닌 미지의 세계를 향하는 꿈 말이다.

다시 제자리로 돌아와 들어보니 "여우야, 여우야, 뭐하니?"라는 한 소절만 반복해서 부르다가 결국 아이들도, 노래도 잠이 들었다.

촌년 10만 원

여자 홀몸으로 판사 아들을 키워낸 노모는 밥을 굶을지라도 배가 부른 것 같고, 잠을 청하다가도 아들 생각만 하면 가슴이 뿌듯하였다. 한 여름 폭염에 아무리 힘든 농사라 할지라도 흥겨운 콧노래가 절로 나오고 세상을 다 얻은 기분으로, 노모는 살고 있었다.

노모는 한 해 동안 지은 농사를 이고지고 서울 아들네에 도착했다. 하지만 그날따라 아들 내외는 집에 없었고, 눈에 넣어도 아프지 않을 손자가 집을 지키고 있었다. 아들이 판사이기도 하지만 부잣집 딸을 며느리로 둔 덕에 신기한 살림살이가 많았다. 노모는 집안을 이리저리 살피고 만지다가 공책 한 권이 눈에 띄었다. 바로 가계부였다.

살림이 넉넉하여 가계부를 쓰리라고는 상상도 못했는데, 그 안을 들여다보니 각종 세금이며 부식비와 의류비까지 촘촘히 써 내려간 며느리의 알뜰함에 감탄하기 시작했다. 그런데 지출 내용 중에 '촌년 10만 원'이 있었다. '어디서 무엇을 샀길래 이렇게 쓰여 있을까?'라는 궁금증이 노모는 들었다. 뒷장을 넘겨보자 한 달도 빠트리지 않고 같은 날짜에 산 걸보니 의심이 들어, 가방에 든 통장을 꺼내 보았다. 매달 자기에게 보낸 용돈이라는 것을 노모는 알게 되었다.

노모는 아무런 생각도 나지 않았다. 자식 주려고 무거운 줄도 모르고 가져간 보따리를 주섬주섬 다시 싸서 어여쁜 손자에게 인사말도 포기하고 도망치듯 나와 버렸다. 아침에 가지고 간 보따리를 한나절이 지나서야 그대로 가지고 돌아오는 모습을 동네사람들에게 들키지 않으려고 애를 쓰면서 간신히 집으로 들어왔다. 저녁때가 되어도 식사도 거르고 전기불도 켜지 못한 채 분을 풀지 못하고 있는데, 전화벨소리가 울리자 퉁명스럽게 받아들었다.

"어머니, 왜 안주무시고 가셨어요"라는 아들의 말에 노모는 가슴에 든 폭탄을 터트리듯이 "아니, 왜 촌년이 거기서 자빠져 자겠니?"라며 소리를 벼락같이 질렀다. 그러자 아들이 "어머니, 무슨 말씀을..."하며 말을 더 잇지 못하자, 노모는 "무슨 말이냐고 나한테 묻지 말고, 네 방 책꽂이에 있는 가계부에게 물어봐라 잘 가르쳐 줄게다"하며 수화기를 팽개치듯 끊어버렸다.

아들은 가계부를 보고서야 어머니의 역정이 무엇인지 알게 되었다. 화가 난 남편은 부인을 때리자니 판사가 폭력을 행한다고 소문이 날 것이고, 그렇다고 이혼을 할 수도 없는 노릇이었다. 이 사태를 수습하기 위해 몇 날 며칠을 무척 힘들게 보냈다.

그러던 어느 날, 늘 바쁘다는 핑계로 처갓집 나들이를 미뤄왔던 터에 부인에게 친정에 다녀오자고 하면서 선물도 많이 사라고 주문했다. 신바람이 난 아내는 선물이며 온갖 채비를 하고 입가엔 미소가 끊이지 않았다. 그럴 때마다 남편의 마음은 더 복잡하기만 했다. 드디어 처갓집에 도착해 아내와 아이를 준비해간 선물보따리와 함께 모두 집안으로 들여보내고 판사는 마당에 그냥 서 있었다.

사위가 들어오기를 기다리던 장모님은 "아니, 우리 사위는 왜 안 들어오는 가?"하며 쫓아 나오자, 사위가 대뜸 한다는 말은 "촌년 잘 있었는가?"라고 인사를 했다.

제주도 돌하르방처럼 굳어져 아무 말도 못하고 서 있는 장모를 보고 사위는 "저는 우리 촌년네 집으로 갑니다"라고 하고 차를 몰고 가버렸다. 그날 밤 노모의 집에는 사돈 두 내외와 며느리가 납작 엎드려 죽을죄를 지었으니 한번만 용서 해달라고 빌고 또 빌었다.

이 일 이후, '촌년 10만 원'은 온데간데없고 시어머니 용돈 50만 원이란 항목이 금전출납부에 적혀있었다.

이 아들을 보면서 지혜와 용기를 운운하기보다는 역경대처 기술이 능한 인물이라 평하고 싶다. 졸음이 오는 일상에서 정신을 차리라고 끼얹는 찬물과도 같은 청량함을 느낄 수 있다. 성경은 "용서하라"고 한다. 죄의 무게를 달아 용서하느냐, 안 하느냐가 아니라 무조건 용서하라고 명령하고 있다. 우리에게 '어떻게' 용서해야 하는지 그 비법을 전수했다.

만약 며느리의 허물을 묵인했다면 노모는 아픔을 품고 살아야만 했을 것이다. 용서하기 이전에 가르침에 대한 방법을 찾기 위해 인내한 판사에게 후한 점수를 주고 싶다.

우리는 으뜸이 되기 위해 온갖 야망으로 빛바랜 현실을 한쪽

눈으로만 바라보고 있다. 올바르게 보고, 듣고, 판단하는 내면의 힘을 길러야 하겠다. '이웃 속에(in), 이웃과 함께(with), 이웃을 위해(for) 살아가기 위해서'는 무엇보다 진실함이 필요하다. 진실하고 깊은 이해가 있는 용서는 행복의 꽃을 활짝 피우게 할 것이다.

초판 1쇄 2016년 9월 8일
지은이 _ 우애자
펴낸이 _ 김현태
교정교열 _ 김호영
디자인 _ 디자인 창 (디자이너 장창호)
펴낸곳 _ 따스한 이야기
등록 _ No. 305-2011-000035
전화 _ 070-8699-8765
팩스 _ 02- 6020-8765
이메일 _ jhyuntae512@hanmail.net

따스한 이야기 페이스북
https://www.facebook.com/touchingstorypublisher

따스한 이야기는 출판을 원하는 분들의 좋은 원고를
기다리고 있습니다.

가격 12,000원